2019年度山东省社会科学普及应用研究项目

We Chat
《聊斋志异》

张青 著

山東畫報出版社

图书在版编目（CIP）数据

We Chat《聊斋志异》/ 张青著. —济南：山东画报出版社，2020.10

ISBN 978-7-5474-3566-3

Ⅰ. ①W… Ⅱ. ①张… Ⅲ. ①《聊斋志异》- 古典小说评论 Ⅳ. ①I207.419

中国版本图书馆CIP数据核字（2020）第171627号

We Chat《聊斋志异》

张青　著

责任编辑　王一诺

装帧设计　王　芳

插画绘制　陈柯岑

出 版 人　李文波

主管单位　山东出版传媒股份有限公司

出版发行　山东画报出版社

社　　址　济南市市中区英雄山路189号B座　邮编　250002

电　　话　总编室（0531）82098472

市场部（0531）82098479　82098476（传真）

网　　址　http://www.hbcbs.com.cn

电子信箱　hbcb@sdpress.com.cn

印　　刷　山东临沂新华印刷物流集团有限责任公司

规　　格　148毫米×210毫米　1/32

7.125印张　19幅图　140千字

版　　次　2020年10月第1版

印　　次　2020年10月第1次印刷

书　　号　ISBN 978-7-5474-3566-3

定　　价　45.00元

序　有趣的灵魂万里挑一

张青写这本书，就像一个老会计用算盘盲打乘法口诀，一气呵成，畅快淋漓。每一个文本，都熟悉得像被摩挲了半辈子的算盘珠，带着时间的包浆。独立成篇的文章，张青一眼就看出了它们在伦理与情感层面上的勾连。所以，本书的目录，顺序是很难调整的。虽然随便翻到一页，都可以兴致勃勃地看到最后，但是那种首尾贯通的流畅、环环相扣的缜密，只有从头到尾阅读才能享受到。本书就像去掉了回目的章回小说，起承转合，娓娓道来；又像一根结实的鱼线，把这些篇目牢牢串在一起，想忘？没那么容易！

开篇是一组容貌和性格都让人无法抗拒的幸运女性：被宁采

臣宠溺的聂小倩；毁容见真情的瑞云；与胡大成一见钟情，失散后离奇相逢的菱角；与孙子楚情不知所起，一往而深的阿宝；让王子服感叹“春风十里不如你”的婴宁和因爱情而重生，又因爱情而死亡，再因爱情而复活的鲁公女。这都是理想中爱情应有的样子。

但是，天不以全福给人，甚至不以全福给神。接下来是一组拿得起放得下的仙人：明知一别即永远，也没有半点儿纠缠的翩翩和《罗刹海市》中的龙女，与安大业仅有六年情缘的云萝公主，以及接受丈夫已有家室脚踏两只船的洞庭湖公主。其实，仙人，像极了坦然接受命运的凡人。怀着身孕被丈夫抛弃的龙女仍能说出：“人生聚散，百年犹旦暮耳，何用作儿女哀泣？此后妾为君贞，君为妾义，两地同心，即伉俪也，何必旦夕相守，乃谓之偕老乎？”此言若出自凡间女子，其豁达隐忍令人心碎。但谁让她是神仙呢！

第三组出场者活出了所有女性想要的样子：善于经营的花妖黄英、企业管理大师兼慈善家小二、熟悉官场运作的辛十四娘、金榜题名的学霸颜氏和被嘉平公子的“才学”吓退的温姬。她们的脚下是一群被妻子的光芒照射得无处遁形的男人：穷酸文人马子才，嫌妻子的钱玷污了自己的清德。黄英说：“君不愿富，妾亦不能贫也。无已，析君居。”你不愿富我不愿穷，分居吧！马子才马上服软。小二的丈夫丁紫陌对妻子言听计从，得以善终。颜氏的丈夫连个姓名都没有，只是“某生”，似乎颇具代表性。辛十四娘帮冯生收拾了一个又一个烂摊子，最后不胜其烦一走了之。错字连篇的嘉平公子愣是逼得文艺女青年温姬忍无可忍无法再忍。

这都是些家常男人，面目并不可憎。到《画皮》里的王生，色调就变了。张青认为画皮女郎是披着人皮的厉鬼，王生是披着人皮的色鬼及胆小鬼，看到美女就色心顿起，知道是鬼一秒变怂。夜里鬼来了，王生自己不敢出去，就把老婆陈氏推到抗敌第一线。为了救活他，陈氏不得不在集市上吞下腌臜乞丐吐的痰。相比之下，陈氏表现得坚强勇敢，有情有义，能屈能伸，更有丈夫气概。嫁个色鬼及胆小鬼，就不得不活成一个汉子。

还有一种男人，三观很正，就是嘴欠，像《王桂庵》。王桂庵对芸娘的追求可谓真挚又执着，追到之后偏偏逗新娘说：“离家越来越近了，我实话跟你说吧，其实我家里有妻室，娶的是吴尚书的女儿。”并一再夸大其词。只见芸娘“色变，默移时，遽起，奔出”，王桂庵鞋都来不及穿，赶忙去追，只听“扑通”一声，芸娘已跳入江中。虽然结局尚好，但凭空增添许多周折。可如果不是王桂庵嘴欠，又怎能看出爱情在芸娘心中的分量。

《聊斋志异》中男人毛病多，除了《雷曹》里的乐云鹤。张青认为他是一个完美的男人：对朋友重情义，有担当；对萍水相逢的雷曹慷慨施饭，很仗义；为了养家糊口，毅然投笔从商，有魄力；做生意颇有所成，有能力。除此之外，乐云鹤还有浪漫可爱的一面：听到打雷就想到天上看一看；见到了星星，又要摸一摸、摇一摇，趁人不注意，还偷偷拿了一颗藏在袖子里；看到龙车过来，又扒开云彩给自己的家乡使劲浇了浇水。什么样的男人是完美的？在张青看来，既不是富可敌国，也不是貌比潘安，而是像乐云鹤这样重情义，有担当，有魄力，有能力，善良正直、慷慨大方，还带有一点儿孩子的率直。

至此，本书成功描述了“人生若只如初见”，后面才慢慢开启“何事秋风悲画扇”。首先登场的是被辜负的小翠。她为王家做了那么多，却仍时常遭到王太常夫妇的呵斥。因为这个媳妇是白送上门的贫家女子，来历不明，社会地位低下，又没有娘家可以依靠，所以就无所顾忌。拜高踩低的人性得到了充分展示。

遇见不平狐仙小翠还可以一走了之，凡女胡四娘就没有那么洒脱了。张青说《胡四娘》里的人性就像冬日残阳里的刀锋。人前显贵者在家里更受尊重，混得不好的在家里也会遭受歧视。所谓血浓于水，兄弟姊妹尚且如此势利，况他人乎？蒲松龄说胡四娘是个“贵人”，张青说所谓贵人，大约就贵在洞悉了人性吧：失意泰然，得意淡然，不悲不喜，不忧不惧。

对于人间众生的悲欢，蒲松龄说都是因果报应。张青很不服气：尽人事，听天命。先尽人事之后再听天由命，岂能人事未尽而让天命背锅？有些锅，因果报应也背不了，那就由女性来背。《二商》里大商二商两个兄弟，哥哥坐视弟弟一家饥馁濒死却不施以援手，得弟弟救命而不感恩回报，最后把所有过错都推到媳妇身上。可是有的锅，女性实在背不动啊！花蕊夫人就抱怨过：“君王城上竖降旗，妾在深宫那得知？十四万人齐解甲，更无一个是男儿！”《金生色》的故事血腥暴力。金生色死时留下遗言令妻子改嫁，可是妻子真找到了情人，就像启动了杀人程序。邻家儿子知道自己的妻子是无辜的受害者，仍然毫不留情地诛杀。因为她失去了贞操。一个女人和一个男人的关系就是“生是我家的人，死是我家的死人”，断没有第三条生路。《祝翁》貌似一段佳话：以不舍得妻子留在世上仰儿孙鼻息为由，从阴曹返回带她一起赴死。但妻子并没有死的准备，祝翁凭什么决定别人的生死？

《聊斋志异》里蒲松龄往往以“异史氏曰”作点睛之笔，本书也是如此。《黄英》的文末，张青感叹：在庸常的人世间，总有人简约云澹、超然绝俗；总有人醉眼蒙眬、快意人生；总有人诗意地栖居在这大地上。正是这样的人，让我们觉得：人间，真值得。

鲁公女去投胎，张生不舍，难过，还有欣慰。张青说：爱一个人不就是要成全她吗？分别虽然痛苦，但这分别又充满了希望，它将成为张生此后人生岁月里那轮晕黄的月亮，每每想起都会觉得人生充满了柔和的光。

对于温姬和嘉平公子的矛盾，张青说：人们说遇到好看的人不难，遇到优秀的人也不难，难的是遇到一个懂你的人。所谓“懂”，不就是精神上的门当户对吗？

这本书中，灵动的语言和叙述让花妖狐魅、神仙鬼怪一个个仿佛重新投了胎，上演了一场真人秀。全书以《狐谐》结尾，里面一个风趣机智、幽默率性的狐仙正在讲故事……她的有趣让张青难以忘怀，认为她的有趣不是油滑，而是一种举重若轻的人生态度，一种智商上的优越呈现，一种高级的性感。

我是张青二十多年的老友，也是她忠实的读者。看着她度过了人生最忙碌的日子：孩子小没人帮，单位远工作忙，读博士论文多。她每日五点起床，炒两个小菜佐餐。上班途中阅读，下班路上买花，临睡前慢跑。知道什么香水好闻，懂得什么茶好喝。吃饭会选馆子，坐下会点菜，聊天会选话题。新闻轶事，新书影片，日常趣谈，伴着网络新语，令人或莞尔或捧腹。每次分别我都盼着再次相见。因为好看的皮囊千篇一律，有趣的灵魂万里挑一。

鲁东大学教授、哈佛大学访问学者　傅宁

2017年7月密尔沃基

目录

《聂小倩》：聂小倩比董小宛更幸运

《聂小倩》是《聊斋志异》中的名篇，很早就被改编成影视剧，其中最为大家熟知的当属电影《倩女幽魂》，很多人因王祖贤而爱上聂小倩，也因张国荣而喜欢宁采臣，午马饰演的燕赤霞形容电影中的他们是一对痴男怨女。电影改编得好，演员选得好，符合观众对男女主角的所有想象。

在电影的结尾，宁采臣重新安葬了小倩的骨灰，然后跟着燕赤霞远走天涯，留下一个开放式的结局。如果让我给电影中的故事加一个“聊斋式”的后续，可能是这样的：宁采臣从此容颜不老，十几年后偶遇一个女子，长相与小倩一模一样，就是小倩投胎再生之人，二人重续前缘，喜结连理。

不过在《聊斋志异》原著中，蒲松龄给《聂小倩》这个故事安排的结局更为现实，也更为人格化，他们没有等到来世，而是结合于今生。

在原著故事中，宁采臣将聂小倩的尸骨带回自己的家乡，并安葬在自家附近，这样就能方便照顾小倩的孤魂免受雄鬼的欺凌。这时，小倩现身了。她以一个女鬼的身份跟宁采臣回了家，并结拜为兄妹，侍奉采臣的母亲，帮助操持家务，“朝旦朝母，捧匜沃盥，下堂操作，无不曲承母志”。此时，宁采臣的妻子病重，有了小倩这个好帮手，宁母轻松了许多。起初宁母还不敢让她在家留宿，后来“亲爱如己出，竟忘其为鬼，不忍晚令去，留与同卧起”，以至“母子皆溺爱之，讳言其鬼，人亦不之辨也”。

这个故事中的聂小倩很像《影梅庵忆语》中的董小宛。《影梅庵忆语》是明末清初学者冒襄的作品，写的是他与秦淮名妓董小宛的爱情故事。董小宛出身风尘，为“秦淮八艳”之一，费尽周折嫁与冒襄做妾，九年而亡。冒襄写道：“上下内外大小，无忤无间。其佐余著书肥遁，佐余妇精女红，亲操井臼，以及蒙难遘疾，莫不履险如夷，茹苦若饴，合为一人。”以至于她去世之后，“余不知姬死而余死也！但见余妇茕茕粥粥，视左右手罔措也。上下内外大小之人，咸悲酸痛楚，以为不可复得也”。冒襄含着悲痛惋惜之情追忆二人之间种种往事，是为《影梅庵忆语》。

幸运女神

这么看来董小宛与聂小倩有共同之处，她们都很美丽、善良、真诚，但一为妓女，一为女鬼，一个社会地位低下，一个非我族类，都是受歧视的女性。正因为明白自己身份低微，所以一旦重获新生，她们便勤勉恭谨，以实际行动赢得他人的尊敬和爱护。

冒襄是明末复社四公子之一，出身名门，而且风流倜傥，在娶董小宛之前，与其他数个秦淮名妓都有过情感纠葛，别的不说，《影梅庵忆语》中就记载陈圆圆差点嫁与他为妾，就是那个传说中让吴三桂“冲冠一怒为红颜”的陈圆圆。董小宛自嫁给冒襄，洗去铅华，勤谨做人，得到全家上下的喜爱，尤其是冒襄三次病重，都是小宛衣不解带地悉心照料。但明末清初时局混乱，每当遇到困难时，冒襄想到的首先是自己的父母妻子，董小宛都被排在最末。

有一次逃难时，冒襄对小宛说：“此番溃散，不似家园，尚有左右之者，而孤身累重，与其临难舍子，不若先为之地。我有年友，信义多才，以子托之，此后如复相见，当结平生欢，否则听子自裁，毋以我为念。”这话说得冠冕堂皇又混蛋无比，他把董小宛当作一件东西，或者说是一个包袱，与其危难之时舍下，不如现在先卸下，自以为托付给一个好友就算仁至义尽，并且如果不能再见，就让她忘了他。

这有点像南宋谢希孟写的一首词：“双桨浪花平，夹岸青山锁。你自归家我自归，说着如何过。我断不思量，你莫思量我。将你从前与我心，付与他人可。”巧的是，谢希孟这首《卜算子》也是写给一位对他情深义重的妓女的。冒襄这番话说给董小宛，语句不同，意思差不多，可见董小宛即使为他们家付出了那么多，在他心里依然还是一个风尘出身的女子，不是家人。

与冒襄相比，宁采臣更为可敬可爱。宁采臣是《聊斋志异》里少有的君子，《聂小倩》一文的开头就介绍他：“性慷爽，廉隅自重。每对人言：‘生平无二色。’”“无二色”就是不娶妾、无外遇的意思。就是因为具有这样的品质，宁采臣不仅保住了性命，并得到了聂小倩的敬重和追随。

聂小倩十八岁夭亡变为女鬼，被一个法术高强的妖怪控制，令她以美貌诱惑过路人，吸血以供妖怪饮用。这一天，小倩像往常一样，夤夜前往宁采臣借住的寺庙，先以美色再以黄金诱惑，采臣均不为所动，因此保住了自己的性命，而借住在寺庙里的其他人却接连死掉了。

过了几天，聂小倩又来了，这一次她向宁采臣求助，希望他能救自己于水火：“妾堕玄海，求岸不得。郎君义气干云，必能拔生救苦。倘肯囊妾朽骨，归葬安宅，不啻再造。”宁采臣“毅然诺之”，随后在燕赤霞的帮助下，将聂小倩从妖怪手里救出来，并发掘其尸骨，带回家乡，安葬在自家旁边。

电影《倩女幽魂》里的宁采臣与小倩有肌肤之亲，而原著中宁采臣就是因为义正词严地拒绝了女鬼聂小倩的色诱才赢得了她的信任和尊重。得到安葬的聂小倩，魂魄跟着宁采臣回家，并以兄妹相称。小倩每晚伴读很晚，犹豫不想离开，宁采臣说：“斋中别无床寝，且兄妹亦宜远嫌。”直到宁妻去世，宁采臣才正式娶了小倩，并且光明正大地“列筵告戚党”，不因鬼妻而避讳。

这看起来似乎也没什么，但《聊斋志异》中的书生能抗拒色诱的真没几个，一般都是花妖狐魅来者不拒。小倩也说：“妾阅人多矣，未有刚肠如君者。君诚圣贤，妾不敢欺。”所以，宁采臣算是《聊斋志异》书生系列中的一股清流。

电影《倩女幽魂》中的宁采臣比原著角色更真诚、更痴情，他每每于危难之际本可独自逃命，却都为了小倩而重涉险境，誓将她救出苦海，虽然听闻小倩女鬼的真实身份之后也曾害怕过，但爱战胜了恐惧，义打败了懦弱，最终将小倩从千年树妖的手中救出并重新安葬。

虽然电影的结局是小倩长存地下，采臣浪迹天涯，但这个结局却无比温暖，她摆脱了树妖的控制，得以重新投胎，他完成了爱的承诺，成全了自己的爱人。而不是像冒襄那样，大难来时把董小宛像卸下包袱一样扔与他人不管。所以，聂小倩比董小宛更幸运。

《瑞云》：与你那时的面貌相比，我更爱你现在备受摧残的容颜

《聂小倩》写的是人鬼情义，宁采臣的品行当的起“谦谦君子”四字，这样的书生在《聊斋志异》中虽不多见，却也不是独一份，像《瑞云》中的贺生，论起人品亦不输宁采臣。

瑞云是杭州名妓，色艺无双，富商贵介求见必得带着丰厚的见面礼，礼物丰厚者，就陪着下下棋，赠一幅画；礼物简薄者，只陪一杯茶而已，瑞云越是这样，越引得求见者络绎不绝。

有一位姓贺的书生颇有才名，却家境一般，素仰瑞云的名气，也来求见。没想到瑞云不仅不嫌贺生贫穷，反而“款接殊殷”，“坐语良久，眉目含情”，还专门作了一首诗赠给贺生：“何事求浆者，蓝桥叩晓关？有心寻玉杵，端只在人间。”

这首诗暗含了一个典故，写的是裴航与云英的爱情故事。裴航和云英是唐代裴铏的小说《传奇》里的男女主人公，这个故事是这样的：裴航路过蓝桥驿，向一位老婆婆讨水喝，老婆婆让孙女云英出来倒水。裴航看到云英“露裛琼英，春融雪彩，脸欺腻玉，鬓若浓云，娇而掩面蔽身，虽红兰之隐幽谷，不足比其芳丽也”，遂对云英一见钟情，想娶她为妻。老婆婆说要娶云英可以，须得满足一个条件：“昨有神仙遗灵丹一刀圭，但须玉杵臼，捣之百日，方可就吞，当得后天而老。君约取此女者，得玉杵臼，吾当与之也。其余金帛，吾无用处耳。”后来裴航费尽心思弄到了玉杵臼，献给老婆婆，并为之捣药百日，终于娶到云英，最后双双成仙升天。

瑞云不仅长得美，还很有文化素养，会写诗、下棋、画画，所以她才对颇负才名的贺生情有独钟，又以裴航、云英的爱情故事作比，向贺生传递这样一个信息：你为裴航，我即云英。贺生读了诗欣喜若狂，像瑞云这样才貌双全、盛名在外的名妓竟对自己青眼有加，实属意外之喜。

过了一两天，贺生又去相会，瑞云悄悄问他：“能图一宵之聚否？”这句话令飘飘然的贺生一下子清醒了，因为他家境一般，顶多能出个见面喝茶钱，根本没有能力支付进一步的开销。贺生千思万想，心里面仿佛有两个小人儿在打架，一个小人儿说：“答应她，答应她，千金散尽还复来，若为爱情故，家财皆可抛。”另一个小人儿说："变卖家产，孤注一掷以图一宵之欢，一夕之后呢？顾得了一时，顾不了一世。"理想很丰满，现实太骨感，贺生最终做出了理性的选择，这件事就被放在了一边。

贺生那边暂且心凉，瑞云这边的日子继续。有一天，瑞云接待了一个秀才，坐下没说几句话，秀才就站起来用一根手指按住她的额头说："可惜，可惜！"然后就走了。瑞云送客回来发现额头有指印黑如墨染，怎么洗也洗不掉。过了几天，墨痕不仅没褪，反而面积越来越大。再过一年，连颧骨和鼻梁也都变黑了。一代名妓，黑丑至此，瑞云在妓院的处境可想而知，不仅不能接客，还被老鸨夺去妆饰，与婢女为伍。

瑞云此番遭际传到了贺生的耳朵里，他特意前去探访，只见当年明艳照人的瑞云"蓬首厨下，丑状类鬼"。瑞云看到贺生，面壁自隐，自惭形秽。此时，贺生没有犹豫，立刻跟老鸨商量，愿意为瑞云赎身，娶她为妻。瑞云已经失去了摇钱树的价值，老鸨当然乐意出手，很爽快地答应了，可是贺生家贫，变卖田地、倾尽所有才为瑞云赎了身。

待进了贺家，瑞云不敢以伉俪自居，甘愿做妾，等待贺生另娶正妻。贺生说："人生所重者知己：卿盛时犹能知我，我岂以衰故忘卿哉！"坚决不另娶。大家听说贺生变卖家产娶了一个黑丑的妓女，都纷纷笑话他，但贺生泰然处之，与瑞云的感情也越来越好。

这样过了一年多，贺生偶然来到苏州，与和生同住一处。二人闲话，和生问：“你们杭州城有个叫瑞云的名妓，现在怎么样了？”贺生回答已嫁人。和生又问：“嫁给谁了？”贺生曰：“跟我差不多的人吧。”和生说：“如果真能跟你差不多，可谓适得其所了。不知赎身价是多少？”贺生说：“因为瑞云突然得了皮肤病，老鸨才降了赎身银子，不然像我这样的人，怎能从妓院里买到这样的佳丽？”

和生说：“实不相瞒，当年我曾一睹瑞云之芳容，惋惜她以绝世之姿而流落风尘，于是略施小计晦其光而保其璞，留给一个真正怜惜她的人。”贺生急忙问：“你能点黑她，也能为她洗白吗？”和生笑着说：“当然能了，但需要一个人诚恳地求我。”贺生赶忙拜曰：“瑞云嫁的人就是我啊。”和生喜曰：“天下惟真才人为能多情，不以妍媸易念也。请从君归，便赠一佳人。”

于是，和生与贺生同返，让人打来一盆水，在水里画了一道符箓，然后说：“濯之当愈。然须亲出一谢医人也。”瑞云用这盆水洗了脸，果然立刻艳丽一如当年，出来拜谢和生，和生已渺然不知所终。

西方人举行婚礼时，牧师会问：“你愿意娶这个女人吗？爱她，忠诚于她，无论她贫困、患病或者残疾，直至死亡。你愿意吗？”“你愿意嫁给这个男人吗？爱他，忠诚于他，无论他贫困、患病或者残疾，直至死亡。你愿意吗？”婚礼上大家都很开心地回答“我愿意”，可现实呢？就像李宗盛唱的那样：“多少同林鸟，已成纷飞燕。”

贺生说“人生所重者知己”，我爱你，因为你是我的知己，知己者即为自己，所以我对你的感情超越了皮囊。所谓“人生得一知己足矣，斯世当以同怀视之”，即将知己当作自己，虽然口口声声“我就是我，自己看着都上火”，可有谁会真的嫌弃自己黑丑矬穷胖呢？同样，若真的将一个人引为知己，视如自己，亦不会在意他（她）的美丑妍媸。就像杜拉斯在《情人》里说的那样：“我认识你，永远记得你。那时候，你还很年轻，人人都说你美，现在，我是特为来告诉你，对我来说，我觉得现在你比年轻的时候更美，那时你是年轻女人，与你那时的面貌相比，我更爱你现在备受摧残的容颜。”这种情感超越了男女两性出于本能的吸引，更加深沉而高贵，也更加稀有而珍贵，遇到的人都是幸运的。

《菱角》：今宵剩把银釭照，犹恐相逢是梦中

每每读古诗词，总是被一种情感所感动，比如“夜阑更秉烛，相对如梦寐”，比如“今宵剩把银釭照，犹恐相逢是梦中”，又如“何当共剪西窗烛，却话巴山夜雨时”。第一句出自杜甫，写出了经历兵祸战乱后诗人与家人久别重逢之悲喜交集的情感；第二句来自晏几道，跟杜甫之句有异曲同工之妙，写出了词人与一位女子久别重逢的欣喜；第三句出自李商隐，他被秋雨阻隔，写信给远方的妻子，通过想象重逢之后的情状以述思念之情。

前人善于用诗表达情感，《聊斋志异》中也有一个故事既具有诗一样的清新灵动，又有诗一样的深沉悲痛，那就是《菱角》。这个故事清新灵动在于开端，写出了小儿女一见钟情的纯真坦率，

在《聊斋志异》众多故事中显得尤为难得。

《聊斋志异》写了很多男女之情，既有人与神的婚姻，也有人与花妖狐魅的纠缠，还有人与人的爱恨情仇，可是这些男女之情的发生发展往往非常复杂，不能单纯以今天所谓的“爱情”来概括或形容。有的是天上的仙女，到人间晃一圈，找个人嫁了，然后又突然消失，把人间的丈夫说扔就扔，仿佛他们之间的感情只是她们渡劫的工具；有的是女鬼，迫于外界压力不得不嫁给一个男人，这种婚姻从一开始就带着一份无奈，也注定了以悲剧收场。但《菱角》不一样，它开篇就写了两个十四五岁的少男少女间清新又质朴的情感。

这个故事的男主角是一个名叫胡大成的湖南人，大成的母亲信佛，叮嘱他每天上学路过观音祠都要进去叩拜一下。一天，大成刚到观音祠，就看到一个风致娟然的少女带着一个小孩在里面玩耍。此时大成十四岁，正是情窦初开的年纪，一下子就喜欢上了这个少女。他倒也不含糊，立刻上前搭讪，打听人家的姓氏。少女笑说：“我祠西焦画工女菱角也。问将何为？”大成又问：“有婿家无？”菱角的脸一下子红了，回答：“无也。”大成毛遂自荐：“我为若婿，好否？”菱角羞惭地回答：“我不能自主。”

所谓听话听音，菱角要是对大成没意思，答案大约会是：“滚！”可是，大成的勇气和智慧大概在刚才那一下用完了，听对方说自己做不了主，拔腿就走。没想到菱角追出来告诉他："崔尔诚，吾父所善，用为媒，无不谐。"当我看向你时，你也凝视着我，世间最美好的事情莫过于此。后来，大成回家让母亲请崔尔诚做媒，婚事果然就这么说定了。

这段文字让人不禁联想到一首坦率质朴的北朝民歌《捉搦歌》："谁家女子能行走，反着夹禅后裙露。天生男女共一处，愿得两个成翁妪。"十四五岁的小儿女，一见钟情，两情相悦，一个勇敢，一个坦率，既不藏着掖着，也不躲闪扭捏，有机会就赶紧抓住，不犹豫，不徘徊，这股子敢爱敢恨的劲儿倒真看得人爽快。

但自古道"好事多磨"，二人的婚事虽然定了，尚未举行婚礼，大成就远走湖北吊唁去世的伯母。这一去就是几个月，料理完丧事的大成正准备回家，伯父又病重后去世。这样一来二去，就把大成留在了湖北。此时恰逢家乡湖南遭遇寇匪，离乱之中，大成与母亲断了音信。

正当大成焦虑的时候，他寄居的村子里来了一个老妪，自言："离乱罔归，将以自鬻。"有人来问价钱，她却说："不屑为人奴，亦不愿为人妇，但有母我者，则从之，不较直。"也就是说，这老太太打算把自己卖给人当娘。闻者皆笑。大成过去一看，老太太眉目之间竟有一二分像自己的母亲，再一想自己离开母亲时日已多，也不知她的下落，不禁悲从中来，反正自己也没个缝缝补补的人，就真的请她回家，愿意以母侍之。

老太太很高兴，跟着大成回家，给他洗衣做饭，就像母亲一样照顾他的生活。一天，她忽然对大成说：“此处太平，幸可无虞。然儿长矣，虽在羁旅，大伦不可废。三两日，当为儿娶之。”大成一听就哭了，说：“儿自有妇，但间阻南北耳。”是啊，一想到菱角那可爱的面庞，一想到菱角和母亲音讯全无，大成怎能不悲伤？不过，老太太说：“大乱时，人事翻覆，何可株待？”大成还是哭，边哭边说：“无论结发之盟不可背，且谁以娇女付萍梗人？”就算不提背弃婚约，谁家会把女儿嫁给大成这样漂泊的异乡人呢？老太太也不回答，只是自顾自地开始为大成筹备婚礼。

一天，太阳刚刚落山，老太太对大成说：“坐着别睡，我看看新媳妇来了吗。”说罢出门而去。就这样过了三更天，老太太还没回来，大成心里正疑惑着，忽然听到门外有声响，出去一看，却是一个首如飞蓬的女子坐在庭院里哭。这可把大成吓坏了，赶紧问：“你是谁？”对方过了良久才回答：“你娶了我也不是什么好事，我只有一死！”大成更害怕了，不知到底发生了什么，真是人在家中坐，祸从天上来。又听女子说：“我少受聘于胡大成，不意胡北去，音信断绝。父母强以我归汝家。身可致，志不可夺也！”

如果拍电视剧，此处应有背景音乐响起，大成的脸上现出悲喜交加的激动表情，朝思暮想的人儿啊，就在眼前！他哭着对菱角说：“即我是胡某。卿菱角耶？”那女子也被大成这句话吓到了，止住啜泣，睁大眼睛看着这个男人，不敢相信自己的耳朵。大成把她请进屋里，拿过灯来照着，菱角方敢相信，说：“得无梦耶？”所谓“夜阑更秉烛，相对如梦寐”“今宵剩把银釭照，犹恐相逢是梦中”是也。

原来，湖南遭了寇匪扫荡，百里之内被洗劫一空。焦画工携家眷逃到了长沙之东，又接受了周家的聘礼，打算把女儿嫁给周家。因为动荡也没条件举行婚礼，就约定在这天晚上把菱角送到周家。菱角自是不从，却被家人强行塞到车里，中途又颠簸到车下。这时，过来四个抬着肩舆的人，自称是周家来接新媳妇的，就把菱角抬走了，一直走到大成的住所才停下来。一个老太太拉着菱角来到院子里说：“这就是你婆家，进去吧。”听了菱角的叙述，大成这才明白原来他买来的那个老太太是位神仙。

如果说这个故事的开端像一首北朝民歌，大胆、热烈、清新、质朴，令人莞尔；那么后半段就像一首杜诗，沉郁、顿挫、深沉、内敛，让人慨叹，乱离之中的恐惧，与家人失散后的担心，劫后重逢的喜极而泣，如此曲折复杂的情感都用平实的语言叙述出来。

《菱角》这个故事充满了浪漫主义色彩，大成与菱角的重逢归功于神仙的帮助，而在历史现实中，因战乱而离散的事例何其多也，却难有劫后重逢的惊喜。所以，就因为现实太残酷、太沉重，人们才在文学作品中寄托美好的期望，诗词歌赋和小说戏曲也因此有了治愈人心的力量。

《阿宝》：情不知所起，一往而深

如果说《菱角》写的是十四五岁小儿女历经乱离而终成眷属的故事，让人看到了爱情最初的模样，而《阿宝》这一篇所述的爱更是痴情，甚至痴到了生生死死、死而复生的地步，作者把这个故事也讲得一波三折、跌宕起伏，令人叹为观止。

故事的男主角名叫孙子楚，为粤西名士。作为男主角，他的特别之处有二：一是生了一根枝指，也就是一只手有六根手指头；二是性格迂讷，是个出名的老实人，为此常常遭到朋友们的戏弄，人送绰号“孙痴”。

话说同邑有个富豪大户，有一女名曰阿宝，生得十分美丽，是个实打实的“白富美”，到了待嫁之年，自然被媒人们踏破了门槛。但阿宝的父母挑来挑去，始终没挑到一个称心的女婿。此时孙子楚恰好刚刚丧妻，有人就撺掇他去阿宝家求亲。这事要搁一般人笑笑也就罢了，不会当真，但孙子楚可是“孙痴”啊，他一听就真的去了。

果不出所料，阿宝的父亲早就听说过“孙痴”的大名，又嫌他穷，怎么可能会把宝贝女儿嫁给他？阿宝也听说过孙子楚这个人，戏言：“他要是能把那根枝指去掉，我就嫁给她。”媒人把阿宝的话告诉了孙子楚，子楚一听，这有何难？立马找了把斧头，“喀嚓”一声就把那根枝指剁下来，痛得他死去活来，养了好几天才缓过劲来。阿宝没想到他当了真，只好再说如果孙子楚能除掉他的痴气就嫁给他。

孙子楚听到阿宝这话觉得很冤枉，自己可是一点都不痴呢，多一根手指头可以砍掉，并不存在的痴气怎么除去呢？阿宝或许也未必如传说中那么美吧，凭什么这么傲慢？于是想娶阿宝的心就渐渐淡了下来。

你看，孙子楚还没见到阿宝，仅凭一句戏言就毅然砍掉枝指，差点丢了性命，其“痴气”已跃然纸上，这个故事也经历了第一个起伏。

过了一段时间，恰逢清明节，每年这一天，平时大门不出、二门不迈的深闺妇女们可以出游踏青，孙子楚也在此时终于见到了传说中的阿宝，果然是人间绝色，娟丽无双！这一看不要紧，孙子楚的魂魄就跟随阿宝回了家，白天坐卧随行，夜里就与她狎昵，开心得不得了。他的躯壳却在自己家昏睡不起，可把家人给急坏了，使劲拍他，他就迷迷糊糊地嘟囔一句：“我在阿宝家。”

孙子楚已卧床三日，气若游丝，眼看就要油枯灯灭，家人实在无法，既然他说自己在阿宝家，就去阿宝家给他招魂吧，死马权当活马医，说不定管用呢。阿宝的父亲起初觉得很荒唐，但架不住子楚家人苦苦哀求，就答应了。

巫师来到阿宝家招魂，阿宝闻说缘故，联想到自清明踏青之后每夜梦里与人交合，也很害怕，直接把巫师带到自己房间，任由他们招魂而去。说来也神奇，这边巫师招魂完毕刚回到子楚家，那边他就在床榻上呻吟，醒来之后说起阿宝闺房里的香奁摆设，竟丝毫不差。世上没有不透风的墙，阿宝听说子楚醒来的反应后更害怕了，可不知怎么的，害怕的同时竟然也有些感动。

至此，孙子楚的痴情在断指基础上又提升了一个段位，初见阿宝本人遂失魂落魄，再一次在死亡的边缘徘徊，故事经历了第二个起伏。

孙子楚的魂魄虽然回来了，身体日益康复，可他坐立凝思，更加思念阿宝，盼着能有再见的机会。不久，浴佛节如期而至，这也是妇女们出游祈福的日子。这一天，孙子楚不仅如愿再次见到阿宝，还得佳人凝睇，并遣丫鬟问询姓名。清明节只是看了一眼阿宝就掉了魂，这一次又得她关注，让子楚怎一个魂牵梦绕了得！

果不其然，孙子楚回到家后旧病复发，再一次冥然绝食，却恨魂魄不能像上次那样追随阿宝而去。恰好家里养的一只鹦鹉死了，他魂随意动，竟附在鹦鹉身上飞到了阿宝身边。这一次阿宝被彻底打动了，承诺："君能复为人，当誓死相从。"鹦鹉听罢，歪着脑袋想了一会儿，衔起阿宝脱下的一只绣鞋就展翅飞回了孙家。

后来，孙子楚的病很快好了，并如愿娶到心上人阿宝。本来阿宝的父亲想让孙子楚入赘，却被阿宝拒绝了，她说："婿不可久处岳家。况郎又贫，久益为人贱。儿既诺之，处蓬茅而甘藜藿，不怨也。"从此，子楚一心只用功读书，家事一概不问，阿宝勤谨持家，也不用家事打扰他，两人琴瑟和鸣，日子也过得越来越好。

孙子楚虽然又在鬼门关晃了一圈，终用一片痴情抱得美人归，故事经历了第三个起伏之后，二人终于幸福地生活在一起，故事似乎有了童话般的大团圆结局，是不是该结束了？答案是否定的，第四个起伏还在后面等着。

三年之后，孙子楚得了消渴病，也就是今天所说的糖尿病，去世了。本来夫妇二人恩爱无比，小日子过得也不错，谁能想到突遭此变故，阿宝的悲伤可想而知。她"泪眼不晴，至绝眠食"，甚至还试图上吊，一心只想随丈夫而去。三天之后，亲朋们正准备给孙子楚发丧的时候，忽然听到棺材里有呻吟之声，打开棺材一看，他竟然复活了！原来阎王爷为阿宝的节义所感动，把她的丈夫放回来了。

死而复生，是这个故事的第四个起伏。至此，这个曲折的故事算是讲完了。作者评论道：“性痴则其志凝，故书痴者文必工，艺痴者技必良。世之落拓而无成者，皆自谓不痴者也。”孙子楚之所以能如愿娶到阿宝，就是因为他“痴”，而且他的痴情又非一般的海誓山盟可比，为了爱情，他可以断指、失魂，甚至化为异类，每一次的举动都冒着生命的危险，濒临死亡的边缘，就是这份非同寻常的痴情打动了阿宝。

并且，在这个故事里痴情的岂止子楚一人，美丽的女主人公阿宝同样以己之痴报答子楚的痴情。她不仅美貌无双，并且见识过人，一旦被孙子楚的痴情打动便心如磐石，丝毫没有门第家境的顾虑，为了不让丈夫受委屈，断然拒绝父亲招赘的建议，放下千金大小姐的身段，从容不迫地打理婚后生活。孙子楚之所以能死而复生，也是阿宝的痴情打动了阎王的缘故。

你若不离不弃，我必生死相依。孙子楚和阿宝这份门不当户不对的婚姻本来不被外人看好，可是两个人都凭着一股痴情，硬是向人间和阴间证明，幸福婚姻的基础在于真挚而深沉的情感，而非门第和财富。

明代戏曲家汤显祖曾评价《牡丹亭》中杜丽娘和柳梦梅的爱情："情不知所起，一往而深，生者可以死，死可以生。生而不可与死，死而不可复生者，皆非情之至也。"这句话用来形容孙子楚和阿宝再合适不过了。

《婴宁》：春风十里，不如你

阿宝和孙子楚的故事生生死死、起起伏伏，看得令人揪心。但凡痴情的故事必得死去活来吗？那倒也未必。论起痴情，《婴宁》中的男主角王子服跟孙子楚有一拼，但这个故事读起来可轻松愉快多了，原因就在于有个特别爱笑的女主角婴宁。

就像孙子楚是在清明节和浴佛节得以一睹阿宝芳容，王子服是在上元节这天偶遇了婴宁。上元节即元宵节，这一天是古代妇女们一年之中最盛大的节日，有诗词小说为证。李清照曾回忆："中州盛日，闺门多暇，记得偏重三五。铺翠冠儿，捻金雪柳，簇带争济楚。"辛弃疾也专门描写过元宵节："东风夜放花千树。更吹落、星如雨。宝马雕车香满路。凤箫声动，玉壶光转，一夜鱼龙舞。蛾儿雪柳黄金缕。笑语盈盈暗香去。”“二安”的这两首词都描述了元宵节女性出游的盛况；小说《金瓶梅》中也浓墨重彩地描写了四个元宵节，妇女们在这一天看花灯、走百病，好不热闹。同样，王子服的爱情故事也是在这天开始的。

这一天，王子服于一幅“游女如云”的画卷中，将目光聚焦在一个人身上，只见她“拈梅花一枝，荣华绝代，笑容可掬”，这就是婴宁出场时的样子，瞬间俘虏了王子服的心。就像孙子楚初见阿宝即失魂落魄一样，王子服也“神魂丧失”，不过他的魂魄没有跟着美人回家，而是将美人丢下的梅花捡起带回家，藏在自己枕头底下，“垂头而睡，不语亦不食”，人也日渐消瘦，“忽忽若迷”，得了相思病。

这样一来，子服的母亲可心疼坏了，问又问不出所以然，就让自己的娘家侄子问问情况，毕竟年轻人容易交流。王子服确实信得过表兄，说明了事情原委，一家人赶紧去打听那个拈花女孩的下落，但人迹渺渺，音信全无。后来表兄干脆骗他：“已得之矣。我以为谁何人，乃我姑氏女，即君姨妹行，今尚待聘。虽内戚有婚姻之嫌，实告之，无不谐者。”又骗他说女孩子家就住在西南方向三十里处。

这位表兄撒完这个谎之后就玩起了消失，王子服可等不及了，一不做二不休，把那枝压在枕头底下的梅花藏在袖子里，迈开大步往南山走，区区三十里而已，何必非得求助他人呢？走了大约三十里，但见“乱山合沓，空翠爽肌，寂无人行，止有鸟道。遥望谷底，丛花乱树中，隐隐有小里落”。走入这个小村落，又见一家院内“一女郎由东而西，执杏花一朵，俯首自簪。举头见生，遂不复簪，含笑拈花而入”。这个俯首欲簪杏花的女郎正是元宵节当日拈梅花的美人，那天她笑容可掬，今日她含笑拈花。

后来王子服如愿娶了这个姑娘，发现她真的太爱笑了，笑就是她的标志。文章有二十五处提到她的笑容、笑声、笑态，有微笑、大笑、狂笑，有以袖掩口的含蓄的笑，也有“笑极不能俯仰”的豪放的笑，娴静时拈花含笑，调皮时趴在树上狂笑，常常是人还未至，笑语先闻。

婴宁不只自己笑，所谓“独乐乐不如众乐乐”，她的笑极具感染力，能带动身边的人一起欢乐，“笑处嫣然，狂而不损其媚，人皆乐之。邻女少妇，争承迎之”，大家都喜欢跟她一起玩。家里的奴婢们犯了小错，也央她去跟老夫人求情，免除责罚。老夫人生气了，婴宁也能“一笑即解”。

一个漂亮女孩子，还特别爱笑，处处与人为善，试问谁能不爱呢？而且这婴宁不只爱笑，她还“憨”，单纯明净，不谙世事，十分娇憨可爱。

王子服初次到婴宁家的时候，背地里悄悄拿出珍藏的那枝梅花给她看。

婴宁："枯矣。何留之？"

王子服："此上元妹子所遗，故存之。"

婴宁："存之何意？"

王子服："以示相爱不忘也。自上元相遇，凝思成疾，自分化为异物；不图得见颜色，幸垂怜悯。"

婴宁："此大细事，至戚何所靳惜？待兄行时，园中花，当唤老奴来，折一巨捆负送之。"

王子服："妹子痴耶？"

婴宁："何便是痴？"

王子服："我非爱花，爱拈花之人耳。"

婴宁："葭莩之情，爱何待言。"

王子服："我所谓爱，非瓜葛之爱，乃夫妻之爱。"

婴宁："有以异乎？"

王子服："夜共枕席耳。"

婴宁听了这话，"俯首思良久，曰：'我不惯与生人睡。'"

此时，婴宁的母亲催他们吃饭，婴宁大喊："大哥欲我共寝。"

读者看到这里想必都忍俊不禁，虽然痴情的王子服跟孙子楚很像，但是婴宁跟端庄秀丽的大家闺秀阿宝可太不一样了。大概因为她的母亲是狐仙，并由鬼母抚养长大，生长在偏僻的小山村里，自幼没有清规戒律的束缚，得以无忧无虑、自由自在地成长，所以小狐仙婴宁不仅人长得美，而且天真烂漫如赤子，欢快爱笑似婴儿，真的是人见人爱、花见花开，是《聊斋志异》所描写的狐仙里最可爱的一个。

但是这个爱笑、娇憨的婴宁，有一天突然不笑了。为什么呢？

原来王子服他们家西邻有个儿子（简称隔壁小西），看到婴宁对他笑，就以为婴宁看上他了，婴宁指了指墙下面，小西就以为这是婴宁约下的幽会地点。等到晚上，小西如约而至，果然看到婴宁，就激动得怀抱美人霸王硬上弓，然后瞬间哀号，一看怀里抱的不是美人，而是一段枯木，里面还有一只螃蟹大的蝎子……这可怜的小西偷腥不成，反而赔上了一条小命，半夜就一命呜呼了。

于是小西的爹就指控婴宁是妖异，幸亏王子服是读书人，口碑好，官老爷不追究，免于责罚。但王子服他妈不乐意了，就训斥了婴宁，告诫她不要随便乱笑，免得招惹是非，引祸于王子服，婴宁从此以后“竟不复笑”。

婴宁不仅不笑了，有一天还哭了。原来，她的狐母生下她就走了，把她托付给鬼母养了十多年，这鬼母“岑寂山阿，无人怜而合厝之，九泉辄为悼恨”。婴宁请求王子服为鬼母与其先夫合葬，王子服答应了她。找到了鬼母的墓地和尸体，但见婴宁“抚哭哀痛”。

那个爱笑的十六岁少女，娇憨若不谙世事的婴儿，实则既不痴也不憨，惩治恶人干脆利落，义葬鬼母深情厚谊，笑时笑得开怀，哭时哭得动人。而且这故事有一个美好的结局，一年之后，婴宁生了一个儿子，“在怀抱中，不畏生人，见人辄笑，亦大有母风云”。

因为这个爱笑的小狐仙，《婴宁》这个故事读起来轻松有趣，想必作者塑造婴宁这个狐仙的时候，满心都是欢喜的，就连描写景物也下了功夫，因为只有这样美好的环境才配得上那样一个美好的人儿。王子服初见到的婴宁家是这样的：“北向一家，门前皆丝柳，墙内桃杏尤繁，间以修竹，野鸟格磔其中”，“见门内白石砌路，夹道红花，片片坠阶上，曲折而西，又启一关，豆棚花架满庭中。肃客入舍，粉壁光如明镜，窗外海棠枝朵探入室中，裀藉几榻，罔不洁泽”。

绿柳如烟、桃杏花开的初春时节，一个十六岁的美丽少女立于花下，眉眼带笑，王子服若是个现代人，他心里冒出的应该是那句“春水初生，春林初盛，春风十里，不如你”。

《鲁公女》（一）：一枚难得的暖男

爱与死是文学永恒的主题。白居易说“天长地久有时尽，此恨绵绵无绝期”，算是道尽了其中的无奈。还有所谓“君生我未生，我生君已老。君恨我生迟，我恨君生早”，讲的也是情爱无限与生命有限的矛盾。

时至21世纪的今天，虽然人的平均寿命已增至七十余岁，却依然未解决大多数人“生年不满百”的难题。但科学家实现不了的愿望，小说家却可以凭借天马行空的想象解决这个问题，《阿宝》用的是死而复生的手法，而《鲁公女》则用了另一个办法——今生情未了，来世再续缘。

话说山东招远有一个书生名叫张于旦，此人性格疏狂不羁，阔略放任，在一间寺庙中借住读书。时任邑令鲁公是东北人，有个很喜欢打猎的女儿。

有一天，张生偶遇鲁小姐在野外打猎，但见其“风姿娟秀，着锦貂裘，跨小骊驹，翩然若画”。作者用短短十六个字描绘了一幅让人难忘的图画，一个年轻的女孩着猎装、跨小马，明媚飒爽，翩然而至，像是三月的微风，像是四月的细雨，又像是五月的阳光。这幅美好的画面就像烙在了张生脑海里，再难忘却。

没想到就在张生朝思暮想、念念不忘之际，却听到一个噩耗——这位鲁小姐暴病而亡了！果然是天妒红颜，张生悼叹欲绝。说来也巧，鲁公因为老家离得远，就把女儿的灵柩寄存在了张生借住的寺庙中。

既然生不能有缘相识，她死了总可以祭奠一番表达心意。于是，张生对鲁小姐的灵柩“敬礼如神明”，每天早晨给她上香，每顿饭必献祭，酹而祝曰：“睹卿半面，长系梦魂；不图玉人，奄然物化。今近在咫尺，而邈若河山，恨如何也！然生有拘束，死无禁忌，九泉有灵，当珊珊而来，慰我倾慕。”就这样日夜祷告了将近半个月。

一天晚上，张生正在挑灯夜读，一抬头，却见一个女子含笑立于灯下，不是别个，正是鲁小姐。她说：“感君之情，不能自已，遂不避私奔之嫌。”张生明知这是鲁小姐的鬼魂，仍喜出望外，自己日夜祷告的愿望终于实现了。鲁小姐对张生说：“我生前喜欢打猎，射獐杀鹿无数，所以罪孽深重，你要是真的爱我，烦请代诵《金刚经》五千四十八遍，必生生世世不相忘。”张生谨遵鲁小姐的嘱咐，每天夜里起来到灵柩前念经，以完成她的心愿。

从此以后，这二人就形影不离了，鲁小姐足弱走不了远道，张生就抱着她前行，好在就像抱着婴儿，并不觉得沉重，甚至连赶考也抱着，就是得避开白天，只能走夜路。

这样大约过了四五年，鲁公罢官，因为经济拮据无法负担运送女儿灵柩的费用，打算把女儿就地埋葬，却苦于找不到葬地。这时，张生自告奋勇说：“我有一块薄田就在寺庙附近，愿意拿出来埋葬女公子。”鲁公一听自然高兴，张生又卖力为之营葬。鲁公十分感激张生，却始终不明白他为何这般殷勤。他离开后，张生和鲁小姐恩爱一如往昔。

一天夜里，鲁小姐依偎在张生的怀里泪落如豆，说：“五年之好，于今别矣！受君恩义，数世不足以酬！”张生一听大惊，问其何出此言。鲁小姐说，因为张生每天为自己念经，使她得以重新投胎做人，与张生约定十五年后的八月十六日相见。可张生说自己已经三十多岁了，再过十五年，垂垂老矣，即使重逢又有什么意义呢？鲁小姐哭着说：“愿为奴婢以报。”即使不能再成为恋人，只要能重逢，只要能在一起，做他的奴婢也是好的。

每每看到这里，我都觉得特别感动。张生从见到鲁小姐的第一面起就被其风姿折服，即使她不幸去世，却依然诚心为其祷告。待到鲁小姐的灵魂突然出现，他没有叶公好龙，没有因她是鬼而害怕或嫌恶，满心欢喜与她相伴。为了她，他坚持每天念诵《金刚经》；因她足弱，他就抱着她出门；因她是鬼，他们就只走夜路。总之，这样一个男子，重情重义、体贴细致又温暖可靠，是《聊斋志异》形形色色的男性形象中难得的暖男。

就是因为他们的感情太好了，分离尤其让人难过。临走时，她说："君送妾六七里。此去多荆棘，妾衣长难度。"说完就抱住了张生的脖子。在分别的最后一刻，就让他胸膛的温度永远留在自己的记忆里吧。张生抱着鲁小姐送到大路上，早有一辆精致的钿车等候一旁，她上车前回头对他说："尽此，且去，勿忘所言。"张生重重地点了点头。然后，鲁小姐就登车而去，徒留张生一人望着渐行渐远的钿车，怅然若失。

张生此时心里想的是什么？作者并没有描写。但那感情里一定有不舍，有难过，还有欣慰，爱一个人不就是要成全她吗？分别虽然痛苦，但这分别又充满了希望，它将成为张生此后人生岁月里那轮晕黄的月亮，每每想起都会觉得人生充满了柔和的光。

欲知后事如何，且听下回分解。

《鲁公女》（二）：新皮囊里的老灵魂，爱的是皮囊还是灵魂？

话说张生亲自送走了赶去投胎的鲁小姐，把十五年后相会的日期刻在了心上。可是自鲁小姐走后，张生的日子一下子变得特别难挨，纵然相思成灰也无计可施。闲来无事，他想到诵经既然能帮鬼魂投胎转世，想必也有其他功效，于是持诵更加虔诚。

一天，张生梦见一个神人对他说："汝志良嘉，但须要到南海去。"张生问："南海多远？"对方答曰："近在方寸地。"所谓方寸地指的就是人心，佛教净土宗认为，只要修持善心，坚持不懈念佛，就能让菩萨知晓。张生领悟了神人的意思，修行更加勤勉虔诚，渴望早日领悟佛理。

三年之后，张生的两个儿子先后科举高中，家业随之兴旺起来，但他并未因此而在修行佛法上有丝毫的懈怠。一天夜里，他梦到受一个青衣人之邀来到一座宫殿，只见殿中端坐一人，像是菩萨的样子，对他说：“子为善可喜，惜无修龄，幸得请于上帝矣。”张生赶紧跪拜叩谢。菩萨请他起身并赐座，命人奉上一杯茶，茶味芳香如兰。然后又让童子带着张生去水池里洗浴，但见池水清澈见底，有游鱼往来其间，水温刚好，掬之有荷叶清香。

张生在水池中移动，逐渐走向深处，一脚踏空，突然水没头顶，正惊慌间，梦醒了。从此之后，就迎来了见证奇迹的时刻！——只见张生的身体越来越壮实，腰不酸了，腿不疼了！更让人惊喜的是，捋一捋胡子，白须扑簌扑簌往下落，过段时间，再捋一捋胡子，黑须也扑簌扑簌往下落，久而久之，胡子都掉光了。再一看，脸上的皱纹也越来越浅；又过了几个月，童颜复现，像是十五六岁的少年郎。

张生不仅容貌发生了改变，就连性格也变了，爱玩，爱臭美，天天打扮得很精致。这种变化来得太意外，搞得全家人都不适应，两个儿子不得不提醒老父亲注意自己的身份和形象。没过多久，张生的夫人因老病而过世了，儿子想给父亲娶个继室，但年轻的老父亲说：“待吾至河北，来而后娶。”

是啊，当初与鲁小姐的约定之期眼看就要到了，张生一路赶到河北，四处打听，果然有一位卢户部。原来，这位卢公十五年前生了一个女儿，一出生就会说话，长大更是智慧与美貌并存，被父母视为掌上明珠。富贵之家纷纷前来求婚，但这位卢小姐谁都看不上。当娘的问女儿到底要找什么样的夫君，女儿就把前生与张生的约定说了出来。卢夫人一听，大笑说：“傻丫头！张郎现今得年过半百了，说不定早就不在人世，纵然健在，想必头也秃了，牙也落了，糟老头一个，哪里配得上我女儿。”不管母亲怎么说，卢小姐根本听不进去。

卢夫人一看女儿打定了主意非张郎不嫁，就去跟卢公商量，二人决定断其后路，就吩咐看门人如果有个张生找过来，千万不要告诉小姐，只要过了约定之期见不到张生，女儿就会放弃。

没过多久，张生果然来了，看门人早已得到主人的命令，坚决把张生挡在了门外。张生不得已而返回旅舍，怅恨不已又无计可施，闲来无事，就在近郊游逛。

卢小姐以为张生负约，眼泪流了一缸，饭也不吃了。卢夫人劝慰女儿说：“他不来，必是已不在人世。即使没死，背盟之责也不在你。”女儿也不说话，只是终日卧床，整个人都颓废了。卢公心疼女儿，也想见一见这个张生到底是何方神圣，就假装出去游玩，在郊外偶遇了张生，上前一看，嚯！分明是一个翩翩少年郎！卢公大喜，邀请张生到家里去做客。

到了卢府，卢公嘱张生稍坐片刻，赶紧进去告诉女儿。卢小姐一听自然是喜出望外，挣扎着起来，偷偷躲在一旁看张生，什么呀，根本就不是张生嘛！于是哭着离开，埋怨父亲骗她。卢公说他就是张生呀，女儿也不说话，只是哭。

卢公再出来，情绪就很低落，待张生也不那么热情了。张生问：“贵族有为户部者乎？”卢公的心思都在女儿身上，心想既然他不是张生，干脆不理。张生一看主人不待见了，也只得一头雾水告辞而去。

这位卢小姐终日啼哭，没过几天就去世了。要说她的命也够惨的，当鲁小姐的时候暴卒，当卢小姐的时候又英年早逝。晚上，张生又做了一个梦，梦到卢小姐前来问：“之前来的果然是你吗？年貌都不相符，见面都没认出来。我已忧愤而死，请你赶紧去土地祠招我的魂魄复活，晚了就来不及了。”

张生醒来后赶紧跑到卢府，果然卢家女儿已死两天了。张生悲痛不已，赶紧把梦中之言告诉卢公，卢公也沉浸在女儿亡逝的悲痛中，一听还有救，赶忙让张生为之招魂。果然，卢小姐就复活了。卢公大喜，马上摆酒款待张生，听说张生家境也很好，就更高兴了，挑个好日子，让二人抓紧完婚。

婚后，张生带着新娘回家，卢公亲自把新婚夫妇送回，又住了半年才离开。夫妻二人看起来就像十五六岁的小夫妻。卢公去世后，留有一个幼子遭豪强欺负，张生又把这个小舅子接过来，一家人开开心心生活在一起。

鲁小姐因爱情而重生，又因爱情而死亡，再因爱情而复活，一篇不到两千字的故事，这位鲁小姐两死两活，可谓神奇。更神奇的是张生返老还童，鲁小姐变成十五岁的卢小姐，两个老灵魂装在两副新皮囊里，犹如新瓶装老酒，外形靓丽，内里醇厚，人世间哪有这等美好的事情？所以，它只能存在于作家的想象中。

我们不妨也做一个猜测：如果张生没有返老还童，青春正好的卢小姐见到发际线“失守”、满脸沟壑、须发皆白的张生，情感是否如初？算了，连作者都不敢想，咱也不要想了。所以，爱情这个东西，无的时候不必强求，有的时候定要珍惜，因为生而为人，我们没有神仙助攻，不能返老还童，不能死而复生，不能在生死之间随意切换，生只有一次，死亦只有一次，务必慎重。

《翩翩》：如果知道一别是永远，你还会走吗？

《聊斋志异》不仅写花妖狐魅、人类，也写神仙，不仅写女鬼、女妖跟凡人谈恋爱、结婚的故事，也写女神和仙女与凡人结合的故事，比如《翩翩》一篇。翩翩就是故事中女主角的名字，一听名字就知道是个美人儿，男主角名叫罗子浮。

罗子浮是陕西人，从小父母双亡，跟着叔叔罗大业生活。罗大业是国子监祭酒，家里有钱但是没儿子，视子浮如己出。但不幸的是，罗子浮十四岁的时候被坏人诱去嫖娼，迷恋上一个金陵妓女。后来这个妓女返回金陵，罗子浮就跟着去了。住了半年之后，不仅钱花光了，还得了一身花柳病，就被赶出去，不得已做了乞丐，想回家乡又无颜见江东父老，只得在附近徘徊。

到了晚上，罗子浮想找个山寺去投宿，偶遇一个女孩子，容貌若仙，长得很好看。女孩得知他无处可去，就邀请他去自己家里住一晚。罗子浮跟着女孩回家，只见“门横溪水，石梁驾之。又数武，有石室二，光明彻照，无须灯烛”，这是一个有水有桥、宽敞明亮的深山洞府。

女孩让罗子浮把衣服脱下来，去溪流里洗澡，说：“濯之，创当愈。”大意相当于那句广告语：“难言之隐，一洗了之。”子浮洗完澡，女孩又让他躲被窝里：“请即眠，当为郎作裤。”只见女孩摘了几片芭蕉叶给子浮裁剪做衣服，做好了就叠整齐放在他床头。第二天起床后，罗子浮发现病患之处都已结痂，再看昨天用芭蕉叶做的衣服都变成了绿色的锦缎，柔软丝滑超舒适。

过了一会儿，女孩又来了，开始准备早饭。先是拿出一片树叶子说是饼，罗子浮咬一口，果然是饼，又把叶子剪成鸡鸭鱼肉烹煮，果然跟真的一样。房间里还有一瓮酒，二人喝一点儿佐餐助兴，待到瓮中酒浅，女孩就添一些溪水在里面。过几天，罗子浮身上的疮痂都脱落了，就跟女孩一起做起了夫妻，过上了神仙般的生活。

一天，一个二十三四岁的少妇来访，笑着说：“翩翩小鬼头快活死！”读者至此才知道，这女孩的名字叫翩翩，来访的少妇名为花城。看到花城也长得美，罗子浮的心就有点飘。

后面罗子浮的举动就有点像现代影视剧里常见的桥段了。他剥了一个果子不小心掉到地上，俯下身子去捡的时候悄悄捏了捏花城的脚。花城谈笑自若，仿佛什么都没发生，罗子浮的小心脏就飘得更远了。要在现代影视剧里，后面的情节大概就是“渣男诱惑老婆闺蜜”的俗烂戏码，但蒲松龄比起现代编剧高出不止一个段位。

罗子浮刚捏了人家的脚，正窃喜，突然觉得身上发凉，低头一看，妈呀！衣服都变成了秋叶！别忘了，那本来就是芭蕉叶做的。可把他吓坏了，赶紧正襟危坐，过一会儿，芭蕉叶又变回了锦缎。罗子浮默默地松了一口气，心想：幸亏她俩都没看到。呵呵，男人的小心思！

过了一会儿，喝了点小酒，罗子浮又动起了心思，这次又悄悄地用手指头挠一挠花城的手心。花城面不改色，坦然笑谑，还跟什么事都没发生一样。就在罗子浮的小心脏又一次狂跳不止的时候，嚯！衣服又变成了树叶子！吓得他赶紧再把心思收一收，又过了一会儿，总算又变回来了。

这时，花城笑着对翩翩说：“而家小郎子，大不端好！若弗是醋葫芦娘子，恐跳迹入云霄去。”翩翩也撇撇嘴说：“薄倖儿，便直得寒冻杀！”花城走了之后，罗子浮内心惴惴不安，很怕翩翩找他算账，但她就跟什么事都没察觉一样。当然，有这种神通的老婆，底气十足，怎么会把这种事放在眼里，就算再借给罗子浮一个胆子，他也不敢有下次了。

没过多久，天就冷了，翩翩就开始收集落叶、储存食物，准备过冬。原来的衣服是用芭蕉叶做的，冬天怎么办？好办，只见她扯一把洞口的白云做棉絮，给罗子浮做的冬衣又暖和又轻软。

第二年，翩翩生了一个儿子，取名“保儿”，长得十分聪明俊秀，子浮想带着老婆儿子一起回家乡，但翩翩说：“妾不能从；不然，君自去。”罗子浮只好作罢，但十分挂念自己的叔叔。

两三年后，保儿与花城的女儿订下婚姻之约，罗子浮又念叨着想家、想叔叔，翩翩说叔叔寿命长、身体好，不必挂念。保儿十四岁娶亲的时候，罗子浮再一次提出想回家看看，翩翩说：“子有俗骨，终非仙品。儿亦富贵中人，可携去，我不误儿生平。”于是剪叶为驴，让罗子浮和儿子、儿媳三人骑驴回家。本以为侄子已死的罗大业喜出望外，再看看三人身上的衣服都变成了芭蕉叶，里面的棉絮化作白云蒸腾而去。

后来，罗子浮想念翩翩，跟儿子一起去探望她，却发现伊人芳踪已杳，从此仙人殊途永隔。就像《幽明录》里记载的刘晨、阮肇二人，他们在天台山采药迷路遇到两个仙女，款留半年之后因思家而别离，待到回家，子孙已历七代，后重入天台山访仙女，再也找不到了。又像《桃花源记》里的武陵人，离开桃花源再也没能找到回去的路。

这个故事写得很美好，特别是裁蕉叶为衣、扯白云为絮，富有浪漫主义色彩。中间翩翩与花城的对话娇俏可爱，罗子浮身上的衣服随心思变化在蕉叶和锦缎之间来回切换又轻松有趣。结尾看似平淡，仅二十三个字，“后生思翩翩，偕儿往探之，则黄叶满径，洞口路迷，零涕而返”，但细思极痛，可以想见罗子浮后半生都将在无限的思念与遗憾中度过。

人类就是这样一种生物，叔本华说过“人生就像钟摆，在痛苦和无聊之间来回摆动”，钱锺书也说“城外的人想进去，城里的人想出来”，得不到时痛苦，得到了厌倦。

罗子浮跟翩翩过着神仙生活，毫无疑问，他是爱她的。可是相处久了，就思念尘世的生活和尘世的人，以为一辈子还长，别离只是暂时的，没想到一别即永远。世间所有美好的人、美好的事大抵如此，一旦错过别过，再难寻回，拥有时请一定珍惜，珍惜意味着别轻言离去，离去可能就是永别。

《罗刹海市》：我知道一别是永远，但还是得走

上一篇题目是《〈翩翩〉：如果知道一别是永远，你还会走吗？》，用题目提出了一个问题，这一篇讲一个《罗刹海市》的故事，也用题目回答上一篇的问题：我知道一别是永远，但还是得走。

《罗刹海市》是《聊斋志异》中很特别的一篇，写的是海外奇闻，又充满了哲学思考。故事的主人公名叫马骥，出身商人家庭，长相俊美，且能歌善舞，读书也挺有天分。一次马骥跟别人一起出海经商遇到飓风，漂了几昼夜之后来到一个地方，名为大罗刹国。

在马骥看来，这个城市里的人长得奇丑无比，但是人家见了

他都以为他才是妖怪。后来马骥了解到，这个国家以相貌美丑作为做官的标准，“其美之极者，为上卿；次任民社；下焉者，亦邀贵人宠，故得鼎烹以养妻子”。马骥看到的罗刹国相国长这样：“双耳皆背生，鼻三孔，睫毛覆目如帘”，这就是罗刹国大帅哥的样子。

同样，在中国享有美男子赞誉的马骥在罗刹国民众眼里也是丑的，后来马骥跟人喝酒时戏以煤涂面作张飞舞剑，在座的人觉得他突然美了好多，建议他去面见宰相，必然能得到高官厚禄。后马骥果然依此得到重用。

蒲松龄在这个故事里引发了读者的美学思考，即美是客观的还是主观的？美有没有标准？

美学家认为美是事物的常态，而丑则是事物的变态。孟德斯鸠曾有这样一段话来解释这个问题：“毕非尔神父说，美就是最普遍的东西集合在一块所成的。这个定义如果解释起来，实是至理名言。他举例说，美的眼睛就是大多数眼睛都像它那副模样的，口鼻等也是如此。”

也就是说，看得多了、看顺眼了就不觉得丑了。这也能解释为什么一些所谓的“奇装异服”刚出现时大家都觉得特别丑，可是一旦流行起来满大街都是，人们也觉得挺好看的，比如破洞牛仔裤。

好，罗刹国人与中国人的美丑先放一边，接下来蒲松龄写了马骥的另一段奇遇。一天，马骥跟罗刹国的小伙伴们一起去赶海市。所谓“海市”，就是“海中市，四海鲛人，集货珠宝；四方十二国，均来贸易。中多神人游戏。云霞障天，波涛间作”。

在这个海市上，马骥遇到了东洋三世子，这位三世子听说他从中国来，就邀请他骑马入海，只见“海水中分，屹如壁立。俄睹宫殿，玳瑁为梁，鲂鳞作瓦；四壁晶明，鉴影炫目”，这就是传说中的龙宫了。

龙王听说马骥从中华上邦而来，必能写文作赋，就邀请他作一篇《海市赋》。马骥不负众望，一挥而就，得到龙王的赞赏，准备招他做婿，把女儿嫁给他。想来也是，马骥人长得好看，风流倜傥，又能写一手好文章，龙宫上下自然青眼有加。有人要问了，罗刹国人不是都长得很丑吗？其实这里是龙宫，不是罗刹国了！龙宫跟中国的审美还是一致的，因为马骥眼里的公主“实仙人也”，很美。

龙宫不仅有美丽的公主，而且有“珊瑚之床，饰以八宝；帐外流苏，缀明珠如斗大”，这还不算什么，作者重点描述了一株玉树：“宫中有玉树一株，围可合抱；本莹澈，如白琉璃，中有心，淡黄色，稍细于臂；叶类碧玉，厚一钱许，细碎有浓阴。常与女啸咏其下。花开满树，状类薝蔔。每一瓣落，锵然作响。拾视之，如赤瑙雕镂，光明可爱。”

和谐号 K88 次列车
龙宫 —— 家乡

每天对着美人，看着到处珠玉辉煌，按说马骥该满足了吧。但是，他跟《翩翩》里的罗子浮一样，非常想家。龙宫虽好，马骥依然抛舍不下尘世的生活。于是他问公主能不能跟他一起回家看看，公主说：“仙尘路隔，不能相依。”可是公主非常明事理，也表示“妾亦不忍以鱼水之爱，夺膝下之欢”，只是“此势之不能两全者也”。

马骥遇到了跟罗子浮同样的问题，一边是龙宫驸马和美丽的公主，一边是万里之外的家乡和亲人，只能选一个。不过跟罗子浮不同的是，翩翩没说一别就是永远，让罗子浮还抱有重逢的幻想，而公主明确告诉马骥：“情缘尽矣。”此时马骥明确知晓一别即永远，十分悲痛，公主却说：“人生聚散，百年犹旦暮耳，何用作儿女哀泣？此后妾为君贞，君为妾义，两地同心，即伉俪也，何必旦夕相守，乃谓之偕老乎？”

两情若是久长时，又岂在朝朝暮暮？两人相爱，未必非要相呴以湿、相濡以沫，也可相望（不是“相忘”）于江湖。只要彼此心里有对方，何必非得朝夕相守才能称之为白头偕老呢？爱情是可以超越时空的。

公主此言深明大义又旷达通透，确非凡人可比。但即使明知公主已有孕在身，马骥仍然决定离开。二人相约三年后四月初八，公主把孩子送给马骥，以赤玉莲花为信。

三年之后，马骥如期而至，果然看到海面上戴着赤玉莲花的一双儿女，公主给马骥生下了一对龙凤胎。孩子背上的锦囊里有公主的一封信，马骥“反覆省书揽涕”，“视海水茫茫，极天无际；雾鬟人渺，烟波路穷”。若把这段文字拍成视频，背景音乐非张学友的《心如刀割》莫属。

古人说忠孝难两全，仓央嘉措也感慨：“世间安得双全法，不负如来不负卿。”岂止忠孝难两全，亲情与爱情也难以两全，娶了龙宫公主的马骥对此深有体会。

人生的痛苦就在于取舍。所谓舍得、舍得，有舍才有得。反之，要想有得，必然得有舍。舍弃什么，又获得什么，体现的是一个人的价值判断和价值选择。一边是辛苦养大自己的双亲，另一边是刻骨铭心的爱人，还可能有第三边，即对国家民族的责任，人们常常难以求全，不得不在孝、情、忠之间取舍。爱德华八世选了情，罗子浮和马骥选了孝，更有无数的先贤选了忠。

选了这一边，就要抛下那一边，怎么选都有遗憾，怎么选都会痛苦。这才是人生常态吧。

《云萝公主》(一)：快看，这里有一位很像林黛玉的公主

《翩翩》和《罗刹海市》告诉读者，娶了仙女和神仙公主，就得在神仙日子和凡人世界之间做出一个选择，罗子浮和马骥毫无例外都选了后者。如果倒过来，仙女来到凡人世界会怎样呢？《云萝公主》就讲了这样一个故事。

一看题目就知道故事的女主角是一位公主，《聊斋志异》里写了好几位公主，比如《罗刹海市》里的龙宫公主，大多数公主都比较泼辣接地气，只有公主命，没有公主病，但这位云萝公主可真正是千娇百媚，很多方面都跟林黛玉神似。

很多人小时候应该都读过这样一个童话故事吧，大意是有个公主雨夜迷路去投宿，自报家门说自己是公主，这家人为了辨别

她说的真假，就在床上铺了九层棉垫，并在最底层的垫子下面放了一颗豌豆。第二天，大家问这位公主前一天晚上睡得怎么样，公主说一夜没睡好，老是觉得床不平整，硌得慌，于是大家判断这是一位真正的公主！只有真正的公主才会这么娇弱，这么尊贵。

云萝公主作为一位《聊斋志异》故事里的公主，也不输外国童话故事里的公主。这位公主是天上圣后府中的公主，突然下嫁给一个叫安大业的年轻人。据说这个年轻人一出生就能说话，被他母亲灌了狗血才堵住了嘴。这一点就有些像贾宝玉，宝玉衔玉而诞，被视为天赋异禀，安大业生下来就能说话，也不是一般人。而且这位大业同学也像贾宝玉一样又好看又聪明，作者描写他“韶秀，顾影无俦；慧而能读”，难怪被圣后相中做女婿了。

再仔细看看，这位云萝公主跟林妹妹也挺像，像在哪里呢?

第一，公主是天上“掉下来”的。越剧里唱“天上掉下个林妹妹”，暗喻她是天上的仙子。云萝公主也是从天上来的，而且还是公主。一天，安大业在家独坐，忽闻异香，一个长得好看的婢女跑进来说：“公主来了！”人家说“闭门家中坐，祸从天上来”，大业同学是“闭门家中坐，妻从天上来”，所谓“天选之子”就是这样的吧。

第二，公主跟林妹妹一样娇贵。林妹妹“娴静时如娇花照水，行动处似弱柳扶风”，身体非常娇弱，仿佛一阵风就能吹倒，身边围着一群丫鬟仆人伺候着。云萝公主有过之而无不及，公主的日常是这样的："四肢娇惰，足股屈伸，似无所着"，"每骈肩坐，喜斜倚人"，总之看起来就是娇弱慵懒，似乎难以支撑自己的重量。她跟安大业下棋的时候，"辄使婢伏座下，以背受足；左足踏地，则更一婢右伏。又两小鬟夹侍之；每值安凝思时，则曲一肘伏肩上"。

并且，公主的房间布满锦绣帷幕，冬天不冷，夏天不热，即使大冬天，她也穿着轻纱。这一点倒有些像现代时髦的年轻人——不穿秋裤！但安大业担心她冷啊，就给她做了很多漂亮衣服，强迫她穿上，却遭到公主嫌弃："尘浊之物，几于压骨成劳！"这些凡间的衣服都太沉了，穿身上都是负担。

第三，这位公主跟《红楼梦》里的林妹妹一样不食人间烟火。一般我们用"不食人间烟火"形容女孩子有仙气，超凡脱俗，林妹妹就是这样的人儿，她吃的饭确实不多，还不如吃的药多。可云萝公主更厉害，在她这里"不食人间烟火"不是一个修辞手法，而是一种现象描述，直到怀孕，她是真的不吃人间饭。

第四，云萝公主还有一点很像林妹妹，就是特别清高。林妹妹目无下尘，一般人都不入法眼，公主更甚。这位公主虽然嫁给了安大业，但他们夫妻分两院生活，安大业住南院，而公主住北院，天天关着门窗，只有安大业能推开，其他人根本无权入内。

公主“无繁言，无响笑，与有所谈，但俯首微哂”，人美话不多，也无大笑，顶多微微一笑而已。因她生得骨骼轻盈，安大业说：“卿轻若此，可作掌上舞。”公主说：“此何难！但婢子之为，所不屑耳。飞燕原九姊侍儿，屡以轻佻获罪，怒谪尘间，又不守女子之贞；今已幽之。”能做掌上舞的赵飞燕算啥？公主根本不屑与之相提并论。

这个故事里还有一个令人印象深刻的地方，就是公主嫁给安大业的时候，曾让他做一个选择：“若为棋酒之交，可得三十年聚首；若作床笫之欢，可六年谐合耳。君焉取？”这要是让柏拉图来选，肯定选精神恋爱、棋酒之交，两人还能长相厮守三十年。但安大业不是柏拉图，作为一个血气方刚的小伙子，他说：“六年后再商之。”大业同学一定读过杜秋娘的《金缕衣》：“有花堪折直须折，莫待无花空折枝。”云萝公主听后一阵默然，说：“妾固知君不免俗道，此亦数也。”

后来，公主就常常回天上，也就是回娘家。有一次，公主归宁之时，大业考中了举人，待公主回来后，大业告之这个喜讯，没想到公主说：“三日不见，入俗幛又深一层矣。”看到这里，是不是觉得这个情节也有点眼熟？对啊，因为林黛玉也从不劝贾宝玉去追求科举功名，所以宝玉才视她与别个不同。现在看来，因为她们都是从天上来的，所以视人间功名利禄皆为粪土耳。

这么仔细捋一捋，云萝公主与林黛玉之间竟有这么多相似之处，说不定曹雪芹写林黛玉的时候还真读过这篇《云萝公主》呢，毕竟蒲松龄去世之年正是曹雪芹出生之年——公元1715年，前后差得也不远。

《云萝公主》（二）：靛蓝染白布，一物降一物

上一篇关于云萝公主的故事只讲了一半，大家了解云萝是一位来自天上的真正的公主，万般娇贵，不食人间烟火。

不过云萝公主跟林黛玉不同的是，她生了孩子，确切地说，她怀了孩子，但并没有亲自生，算是采用了“半代孕”的形式当了母亲。什么是“半代孕”？就是云萝亲自孕育了孩子，但到临盆时，她说：“妾质单弱，不任生产。婢子樊英颇健，可使代之。”于是脱下自己的内衣给樊英穿上，把她关到房间里，不一会儿，就听到婴儿的啼哭，打开门一看，是个男孩。即使在当代，“代孕”还是一个敏感的话题，蒲松龄早在几百年前就写了出来。

云萝公主一看这个儿子非常高兴，说“此儿福相，大器

也”，于是就给孩子起名叫“大器”。大器十七岁就进士及第，娶了老婆云氏，夫妻和睦温良。所以大器人如其名，该读书的时候用功读书，不用父母操心学习成绩，该结婚的时候顺利结婚，不用父母屡屡逼婚，而且待人接物都很靠谱，就是所谓的“别人家的孩子”。

但云萝公主和安大业还有一个二儿子，叫作“可弃”，你听这名取的，“可弃”不就是“可以扔了”吗？名字里就带着嫌弃。为什么取这么个名呢？因为可弃一生下来，他娘亲云萝公主就说：“豺狼也！”所以公主就命人赶紧把这个孩子扔了，这当然遭到了安大业的反对，大业毕竟不是神仙，是一个凡人，凡人就有七情六欲，有舐犊之情、不忍之心，于是这个孩子就被留下了，起个名字叫“可弃”。

跟五好少年大器相比，可弃真是让他爹和他哥操碎了心，他“不喜读，辄偷与无赖博赌，恒盗物偿戏债”，不仅不好好学习，还赌博、偷窃，所谓“好的不学，坏的一样不落”。可把他爹气坏了，使劲揍也没用，仍旧那个德行。于是一家人都“严防死守”，不让他手里有余钱。没钱怎么办？可弃夜间就出去入室行窃，又被人逮个正着。邑宰一看是安家的二小子，他爹他哥都是有头有脸的人物，就卖个人情把他送回了家。这次安大业和安大器来了个“男子双打”，差点把可弃给打死。

此后，安大业就给两个儿子分了家，把家里的大部分房产和地产都给了大器。可弃当然不愿意，怒从心头起，恶向胆边生，竟然趁夜持刀入室要杀死哥哥，没想到误砍了嫂子云氏。

大家看到这里会问：云萝公主呢？上篇文章说了，云萝公主曾给安大业出了一道选择题，如果选精神恋爱，可有三十年缘分，若选床笫之欢，只有六年夙份，安大业选了后者。所以六年期满之后，云萝公主就回了天上，一去不复返。公主走了以后，留下一些衣服，面料十分轻软，大器的媳妇云氏就改了一件给自己做睡衣。就是这件睡衣救了云氏的命，可弃的刀砍到她身上，碰到这件睡衣，顿时火星四射，可弃就被吓跑了，不敢回家。

这么一闹，安大业就给气死了。可弃直到听说爹死了才回家，但很快就败光了自己分得的家产，然后就去官府起诉哥哥，但大家都知道他是什么人，诉状被驳回，兄弟从此翻了脸。

可弃这么胡作非为，难道就真的没有办法约束他了吗？别忘了，他娘亲可是云萝公主。原来，当年公主走前叮嘱安大业于四年后给可弃订一门亲事，一定要是侯家的女儿，左胁上有一个小赘疣的那一个。后来大业果然找到了一个侯姓女孩，确有赘疣，虽然家庭条件很差，仍坚持给可弃定了婚事。

等到可弃二十三岁的时候，侯氏女也十五岁了，大器想起母亲的话，赶紧给弟弟完婚。从此，可弃开启了人生的新篇章！

所谓“靛蓝染白布，一物降一物”，可弃终于碰到了一个能辖制他的人。娶了亲的可弃本性不改，偷了家里的粮食出去赌博，只见老婆侯氏“弯弓于门以拒之”，他吓得赶紧跑了，待老婆进去了才敢偷偷地回家，这时又见“妇操刀起”。刚才拉弓，这会儿拿刀，可弃撒丫子就跑，说时迟、那时快，可弃还是被老婆砍伤了屁股，鞋袜尽红。

这时候可弃想起哥哥嫂子了，跑去跪求哥嫂主持公道，但是遭到他们的断然拒绝。俗话说，狗急了能跳墙，兔子急了能咬人，可弃遂扬言回去杀老婆，操着家伙就出去了。嫂子云氏有点担心，大器说：“彼固作此态，实不敢归也。”

哥哥太了解弟弟了。果然，可弃一进家就看到老婆在哄孩子，看见老公进来，侯氏把孩子往床上一扔，奔到厨房拿起一把菜刀就冲过来，可弃吓得又跑去找哥嫂了，也不好意思说原委，就只是哭，哭得眼睛都肿了。当哥哥的也看不下去了，亲自带着弟弟回家，弟媳妇总算看在大伯子的面子上让可弃进了门。

此后的故事大家都能猜到了，可弃从此改邪归正，媳妇也很能干，家里的日子过得越来越好。但“后年七旬，子孙满前，妇犹时捋白须，使膝行焉”，这种妻悍夫懦的模式到老都没变。

《聊斋志异》里写了很多个悍妇，蒲松龄曾在《江城》里感慨：“每见天下贤妇十之一，悍妇十之九。”在《夜叉国》里说：“家家床头有个夜叉在。”还曾在《马介甫》中无语问苍天：“惧内，天下之通病也。”可见老先生有丰富的人生经验和深刻的生活体会。不过，作者也能辩证地看待问题：“悍妻妒妇，遭之者如疽附于骨，死而后已，岂不毒哉！然砒、附，天下之至毒也，苟得其用，瞑眩大瘳，非参、苓所能及矣。”悍妇犹如砒霜，砒霜能毒死人，但是用得好了，也能入药治病救人。

《蕙芳》：跟女神谈恋爱，注定被甩

看了前几篇，大家会发现仙女爱出选择题，而且是单项选择题，罗子浮和马骥选了人间烟火就得割舍爱人，安大业也必须在六年床笫之欢与三十年棋酒之交之间做个决断。是不是所有仙女都爱出选择题呢？也不尽然，有的仙女根本不给你选择的机会，说走就走了。

很多人小时候都听过董永与七仙女的故事，也听过田螺姑娘的故事，这类故事的模式差不多，大多是一个正直善良但很贫穷的小伙子遇到仙女自投怀抱，这个仙女来做他的妻子，让他过上好日子，但仙女终归是仙女，不能一直留在人间，故事的结局都以仙女返回天庭而告终。《聊斋志异》里也有一些这样的故事，比如《蕙芳》。

《蕙芳》这个故事的男主角叫马二混，只听这名字，以为是个二流子，又二又混。但人不可貌相，也不可以名度人，虽然马二混名字起得不咋地，却是一个品行端方的诚笃之人，于是就把仙女吸引来了。

马二混家住青州，以卖面为业，与老母亲相依为命，所得仅能度日，根本娶不起媳妇。有一天，二混外出工作，只留马母自己在家，忽然来了一个十六七岁的美人，她虽然衣着朴素，却光华照人，气质非凡。这个女孩说："我看你的儿子为人诚笃，想嫁到你家来。"神仙确实不食人间烟火，有啥说啥，既不会铺垫，也不会起承转合。

马母吓了一跳，说："娘子天人，有此一言，则折我母子数年寿！"女孩坚持要留下，马母就更怀疑了，心想难不成是大户人家跑出来的？可千万不能惹这个麻烦，于是更不敢留了。女孩没办法，只得走了。

过了三天，这个女孩又来了，还是同一个诉求：要嫁给马二混！马母就问她姓氏，女孩说："母肯纳我，我乃言；不然，固无庸问。"马母说："贫贱佣保骨，得妇如此，不称亦不祥。"别看马家贫穷，马母却很有见识，非常清醒理性，根本不相信天上掉馅饼这种事。

马母话都说到这份儿上了，女孩子还是“恋恋殊殷”，就是不想走。马母一看，这样不行啊，得下逐客令，于是拉下脸来说：“娘子宜速去，勿相祸。”女孩只得再次离去，出门向西而行。

老话说：“一辈无好妻，十辈无好男”，意思就是一个家庭里母亲的言行见识对于子女教育的重要性。作者虽然没介绍马母是个怎样的人，但通过她对这件事情的处理可知这个母亲不简单，不贪不沾不妄想，踏踏实实过自己的日子。现代有经验的父母也教育适婚年龄的女儿，想真正了解一个男孩，先看看他的母亲是什么样的人，不仅关乎未来的婆媳关系，还关乎男孩的家庭教育质量。这话还是很有道理的。

话说又过了几天，西巷的吕老太来到马家，对马母说：“邻女董蕙芳，孤而无依，自愿为贤郎妇，胡弗纳？”马母就把自己的顾虑告诉了她，吕老太一听，拍着胸脯说：“哪有这些事儿？如果有什么差错，包在老身身上。”马母一听，当然很高兴了，哪个做母亲的不想给儿子娶个好媳妇呢？

吕老太走了之后，马母就开始扫室布席，准备等儿子回家就去迎娶蕙芳。没想到天色刚晚，蕙芳自己来了，入室拜见马母，说：“我还有两个婢女，没有您的同意，不敢让她们进来。”马母一听，又很担心：“我们家的收入仅够维持日常生活，现在添了一个新媳妇，娇娇嫩嫩的，看起来也干不了什么活，尚恐养不活她，再加两个婢女，都喝西北风去吗？”蕙芳笑说：“她们来了也不花您的钱，自己能养活自己。”马母就问：“她们在哪儿？”蕙芳喊了一声：“秋月、秋松！”只见“忽如飞鸟堕”，两个婢女已立于眼前。

等到马二混晚上回家，突然发现家里“翠栋雕梁，侔于宫殿；中之几屏帘幕，光耀夺视”，这什么情况？搞得他都不敢进家了。这时，蕙芳笑着迎上来，吓得二混更向后退了两步。弄清楚状况之后，马二混觉得幸福来得太突然，“形神若不相属”，半天回不过神来。当然啦，这事搁谁都得反应老半天。

家里面不仅雕梁画栋，而且酒食具备，丰盛异常，床上花罽锦裀，温腻非常，但是天明出门回看，则茅庐依旧，跟什么事都没发生一样。马母内心颇忐忑，就去找吕老太，想详细了解一下蕙芳的来历。进了吕家门，马母先谢媒人，吕老太很惊讶：“久不拜访，何邻女之曾托乎？”马母一听更怀疑了，就把前前后后和盘托出，吕老太大吃一惊，立刻跟马母一起回家看新媳妇。

进了马家的门，蕙芳笑意盈盈前来迎接，“极道作合之义”。吕老太一见蕙芳的气质风范，惊愕呆视良久，啥也说不出来。蕙芳送给吕老太一个白色木制痒痒挠，吕老太拿回家一看，痒痒挠化为白金，算是感谢她不戳穿之恩吧。

前面不是说了，马二混在家里看到的都是宫殿一般的雕梁画

《西湖主》：书生的终极意淫之梦

前面几篇分析了跟仙女谈恋爱结婚的凡人最后都被甩了，难道就没有两全之策，一方面享受超人类的荣华富贵生活，另一方面不耽误人间天伦之乐？总之就是鱼与熊掌兼得，不然显得我们人类的男子也太卑微了。蒲松龄毕竟也是一个人间男子，就在《西湖主》里满足了大家的这个愿望，不仅满足，还为书生们造了一个终极意淫之梦。

古代书生寒窗苦读，甚至头悬梁、锥刺股，为的是什么？“学成文武艺，货与帝王家”，跟现代人一样，找个好工作，奔个好前程。但古人的科举通过率比现在的考试低多了，清代读书人需要通过县试、府试和院试，总称为童试，通过童试才能取得秀才资格。考上秀才还得参加每年的岁试，不及格会受到申斥，甚至被取消资格。之后要参加乡试，但乡试也不是年年都有的，三年才考一次，一般在八月，称为“秋闱”，考过就是举人。第二年春天，举人可参加会试，也就是“春闱”，被录取的称为“贡士”，有了贡士资格，才能参加殿试。

所有参加殿试的贡士都能成进士，但进士也分三甲，一甲赐进士及第，二甲赐进士出身，三甲赐同进士出身。一甲三人，即我们熟知的状元、榜眼、探花，二甲一般一百来人，三甲也就二三百人。中举的比例大概只有百分之三，从举人到贡士的录取率大约为百分之五，整个清代近三百年才出了两万四千个进士。

可见，古代考中进士是真难，难于上青天！一些人从十几岁考到须发皆白都没考中举人，终于一把年纪中了举，欣喜若狂也是难免的，就像《儒林外史》里的范进。可以想见古代读书人在追求科举功名的道路上是多么艰难和苦闷，所以金榜题名是古人四大乐事之一。

蒲松龄虽然因《聊斋志异》而名垂青史，但他的科举之路异常艰辛。十九岁参加童试，县、府、院试全是第一，崭露头角，意气风发。但之后科举之途一直不顺，五十一岁不得已放弃参加科举，期间整整考了三十年！

总之，科举时代的书生真的是太难了，蒲松龄对此深有体会，所以《聊斋志异》写了各种各样书生的故事，既然考场常常令人失意，那就用情场得意来弥补，作者让他们与花妖狐魅甚至仙女谈恋爱。可是仙女们老爱出选择题，书生们也得扳回一局，于是一位运气极好的书生陈明允就诞生了。

陈明允是个穷书生，给一位副将军做文字秘书，也没什么功名。一次经过洞庭湖，偶然救了一只尾巴上衔着小鱼的猪婆龙（现称扬子鳄），没想到后来的人生就发生了神奇的转折！

一天，他再次经过洞庭湖，遇到了大风浪，所幸没死，狼狈之际躲到一个大园子，遇到一位公主打秋千，又捡到公主丢失的一块手帕，在上面题了一首诗。这件事被王妃知道后，勃然大怒，要杀这个大胆的书生，结果被王妃身边的侍女认出来。这个书生陈明允就是当年在洞庭湖上救了猪婆龙的人。原来当年的猪婆龙乃是洞庭湖君的妃子、扬子江王的女儿，回娘家被流矢所伤，幸被陈明允救下，认出他的侍女就是当年衔着猪婆龙尾巴的小鱼。于是陈明允得到王妃厚遇，并将公主许配给他。

几天之后，陈明允挂念家里的老婆，报平安信回家，发现时间已经过了一年多，大家都以为他死了。又过半年，陈明允鲜衣怒马回家，很快富有巨万，还生了五个儿子，天天在家大宴宾客。

更离奇的是，他的一个好朋友梁子俊偶然路过洞庭湖，看到陈明允在湖上携佳丽于画舫宴饮，邀其共饮并赠送夜明珠一颗。

梁子俊回到家之后又看到陈明允正在家里跟客人喝酒，就问：“你昨天还在洞庭湖，怎么这么快就回来了？”陈明允很无辜地一摊手：“哪有，我一直都在家里啊。”

陈明允并没有进士及第，甚至都没有中举，但是仅凭一时善举，不仅成为驸马，还分身有术，一边跟洞庭湖公主做神仙眷属，贵为驸马，一边跟家里老婆生了五个孩子，富甲一方，两不耽误，最后还长生不老。这真是书生意淫的终极之作了！

谁说娶了神仙公主就得放弃人间生活，陈明允的故事告诉大家：鱼和熊掌，可兼得也。这篇小说的精彩之处不仅在于有个完美的结局，更在于作者讲故事的手法娴熟精巧，文字简洁隽永。

陈明允先是幸免于风浪，饥饿难耐，狼狈不堪，准备翻山而行，希望找到村落讨点吃的。才走到半山，就见“二女郎乘骏马来”，而且“各以红绡抹额，髻插雉尾，着小袖紫衣，腰束绿锦”，翻过山，又看到几十个骑马着猎装的妙龄女郎，向前面的驭卒打听，得知是西湖主外出打猎，并嘱“宜即远避，犯驾当死”。陈明允一听，吓得赶紧滚下山，此为一吓。这时，西湖主还没出现，但是阵仗已现。

陈明允误打误撞进了一个大园子，这园子特别美，“横藤碍路，香花扑人。过数折曲栏，又是别一院宇，垂杨数十株，高拂朱檐。山鸟一鸣，则花片齐飞；深苑微风，则榆钱自落”，穿过小亭，还有一个秋千架。突然，“马腾于门，似有女子笑语”，“红妆数辈，拥一女郎至亭上坐”，听侍女所言，此即公主。公主打了一会秋千离去，躲在一旁的陈明允捡到一条红巾，又见亭子上有笔墨，就在上面题了一首诗。此时陈明允虽然又累又饿，可偶遇佳人之后还题诗一首，可见心情还是不错的。

但读者一定猜得出来，这必是公主遗失的帕子，因为书生捡佳人手帕并题诗是古代戏曲、小说中常见的情节。果然，过一会儿，有个侍女前来找公主丢失的红巾，侍女说：“窃窥宫仪，罪已不赦”，现在又把公主常用的手帕涂鸦至此，“汝死无所矣！”陈明允吓得要死，这是二吓。

过了一会儿，这个侍女又回来了，说是公主把红巾上的诗看了三四遍，不仅没生气，还笑了，可能死不了。不过陈明允还得在园子里待着，因为公主也没说放他，此时书生“饿焰中烧，忧煎欲死”，虽然恐惧之情稍减，一颗心还是悬着的，并且还特别饿。

又过了一会儿，先前的侍女带着小婢和酒食而至，说是公主嘱咐送来的。陈明允恳请她求公主放了自己，侍女说：“公主不言杀，亦不言放。我辈下人，何敢屑屑渎告？”虽然一颗心还落不了地，但是有了吃的，书生仿佛看到了曙光，被放行是有希望了。

转眼太阳下山，突然，侍女急忙地跑进来说大事不好，原来有多事的人把这事告诉了王妃，“妃展巾抵地，大骂狂伧，祸不远矣”。陈明允立刻面如土灰，此为三吓。

很快，一群人拿着绳子气势汹汹地来缉拿陈明允，正要捆绑之际，又一个转折出现。其中一个侍女说：“将谓何人，陈郎耶？”于是阻止要捆他的人说：“等着，我去禀告王妃。”这时陈明允由吓转懵。

随后，王妃召见说：“再造之恩，恨无所报”，当晚就把公主嫁给了陈明允，对，就是当晚，这位丈母娘一点儿没迟疑。可是反转太快，书生“意出非望，神惝恍而无着”，懵到极点，一直到成亲之后才明白是怎么回事。

短短几段文字，层层铺垫，步步埋伏，男主人公的心情一会儿惧怕，一会儿稍稍放松，没松多久，再次被吓到，真是腾挪跌宕、错落有致，作者的文字功力可见一斑。

《黄英》（一）：物质富足可比精神富足难多了

前几篇《聊斋志异》故事谈的是令人羡慕的爱情，这一篇我们聊聊人生。说起人生，哲学上有三个经典问题：我是谁？我从哪儿来？我到哪儿去？虽然我等普通人不会像哲学家问得这么明确，但也常常在困惑、迷茫的时候问自己：我到底想要什么样的生活？

我小时候很喜欢武侠小说，因为它们营造了一种理想的生活方式，就像《还珠格格》里箫剑吟的那首诗："书画琴棋诗酒花，当年件件不离它。如今五事皆更变，箫剑江山诗酒茶。一箫一剑走江湖，千古情愁酒一壶。两脚踏遍尘世路，以天为盖地为庐。"这才是诗意地栖居，这才是理想的生活。

但随着年龄渐长、心眼儿增多，有一天我突然发现所有理想的生活都经不起理性的推敲，比如：大侠们总得吃饭吧，钱从哪儿来？据说，武侠小说里的大侠从哪里弄到钱也成为好事者研究的内容之一，还有人专门写了文章分析其经济来源之可能性。

大侠们已然够潇洒，但论起超凡脱俗，谁能比得过陶渊明？在众人耳熟能详的那首《饮酒》诗里，陶渊明描述了自己的美好生活："结庐在人境，而无车马喧。问君何能尔？心远地自偏。采菊东篱下，悠然见南山。山气日夕佳，飞鸟相与还。此中有真意，欲辨已忘言。"陶渊明留下的一百四十多首诗里有瓜田，有桑麻；有方宅，有草屋；有青松，有秋菊；有清风，有幽兰……把这些意象组合起来，我们看到的就是一个遗世独立的文艺青年的生活图景。

然而陶渊明也有苦恼——缺钱。《乞食》一诗为明证："饥来驱我去，不知竟何之。行行至斯里，叩门拙言辞。主人解余意，遗赠岂虚来。"好在他人缘还不错，讨饭借钱不至于空手而归。于是，大家可能就要问了："超凡脱俗"与"穷"必须得"买一赠一""捆绑销售"吗？蒲松龄在《黄英》这个故事里告诉大家：有钱也能脱俗！

《黄英》的男主角叫马子才，特别爱菊花，到了近乎痴迷的地步，虽然家里没钱，但听到谁家有佳种，一定要买到，虽千里也不嫌其远。有一天，马子才遇到一对姓陶的姐弟，姐姐名叫黄英，弟弟即为陶生。陶生和姐姐一起租住马子才的园子，他俩特别擅长种菊，就常常给爱菊的马子才帮忙，且总能化腐朽为神奇，使枯萎的菊花死而复生。

陶生看到马家经济拮据，就跟马子才建议卖菊谋生。马子才一听，特别失望，近乎鄙夷地回答："仆以君风流高士，当能安贫，今作是论，则以东篱为市井，有辱黄花矣。"种菊、赏菊是一件多么风雅的事情，竟欲以此谋利，俗！俗不可耐！

但陶生笑曰："自食其力不为贪，贩花为业不为俗。人固不可苟求富，然亦不必务求贫也。"中国自古以来崇尚"万般皆下品，惟有读书高"，商人为四民之末，社会地位不高。但这种情况到了清代得以改观，《聊斋志异》的近五百篇文章中有五十篇都写到了商人，还有十多篇写了一些弃儒从商的儒商。而且蒲松龄的父亲蒲槃就是典型的弃儒从商者，蒲松龄在《述刘氏行实》中写道："松龄父处士公敏吾，少慧肯研读，文效陶、邓，而操童子业，苦不售。家贫甚，遂去而学贾，积二十余年，称素封。"

清代这种现象的出现有其思想渊源。早在元代，大儒许衡（鲁斋先生）就提出了"治生"理论："为学者治生最为先务。苟生理不足，则于为学之道有所妨。彼旁求妄进，及作官嗜利者，殆亦窘于生理之所致也。士君子多以务农为生。商贾虽为逐末，亦有可为者。果处之不失义理，或以姑济一时，亦无不可。”鲁斋先生总结出来了，虽然万般皆下品，但是吃不饱肚子也没法好好读书，通过做生意赚钱养活自己也未尝不可。

明末清初学者陈确更明确表示：“唯真志于学者，则必能读书，必能治生。天下岂有白丁圣贤、败子圣贤哉！岂有学为圣贤之人而父母妻子之弗能养，而待养于人者哉！”读书人就要既能读书，也能谋生，连父母妻子都养不起的读书人不是合格的读书人。

结合蒲松龄父亲的经历以及“治生”理论的流行，《黄英》中出现陶生的“贩花为业不为俗”的理论也就不奇怪了。然而，仍有一些持有保守思想的读书人不能接受这个观点，比如马子才。

但马子才心口不一，嘴上虽不认同陶生的理论，丧偶之后却娶了黄英。黄英和弟弟卖菊赚了很多钱，俨然小富婆一个。马子才爱黄英，却又不想用她的钱，就说：“仆三十年清德，为卿所累。今视息人间，徒依裙带而食，真无一毫丈夫气矣。人皆祝富，我但祝穷耳！”这话说得真是“得了便宜还卖乖”，你吃人家的，喝人家的，住着人家盖的大房子，还嫌人家的钱玷污了你的清德，啧啧啧！

黄英回答得非常磊落：“妾非贪鄙；但不少致丰盈，遂令千载下人，谓渊明贫贱骨，百世不能发迹，故聊为我家彭泽解嘲耳。然贫者愿富，为难；富者求贫，固亦甚易。床头金任君挥去之，妾不靳也。”黄英这番话说得没毛病，一来为陶家名人陶渊明争一口气，二来告诉马子才：我想变穷容易得很，你富一个给我看看？罢了罢了，家里的钱你随便花，别再叨叨了。

可马子才很有骨气，说：“花你的钱，我不要面子的啊？”黄英就没辙了：“君不愿富，妾亦不能贫也。无已，析君居：清者自清，浊者自浊，何害。”果然女人有了钱就有说话的底气，你不想跟我一起过有钱的日子，我凭什么跟你过穷日子呢？干脆分居，你不沾我的俗气，我也不沾你的穷气好了。

于是，黄英就在园子里专门盖了茅屋给马子才居住。但没过几天，马子才很想黄英，就请她去茅屋，人家才不肯呢，没办法，马子才只好去找她。黄英笑他：“东食西宿，廉者当不如是。”“东食西宿”是一个典故，《艺文类聚》里有这样一个故事：齐人有个女儿，有两人前来求婚，一个丑而富，一个美而穷，父母拿不定主意就问女儿的意见，女儿说：“欲东家食，西家宿。”呵呵，你想得倒美。马子才自己也笑了，无言以对，就搬回来跟黄英一起过有钱人的日子。

我小时候受到的教育是要安贫乐道，认为精神富足比物质富足更重要，老爸总是对我说：“学习要向最好的同学看齐，生活条件要向最差的同学看齐。”后来读了一些书才知道，中华传统文化中从来就没有贬低过财富。孔子说：“富与贵，是人之所欲也，不以其道得之，不处也。贫与贱，是人之所恶也，不以其道得之，不去也。”“不义而富且贵，于我如浮云。”并不是不让人们逐利，而是要见利思义，即在追逐利益的同时不要忘记了道义。

物质富足与精神富足都是人们追求的目标，二者同等重要，并不存在谁比谁高贵的问题。在蒲松龄生活的时代，知识分子焦虑于安贫还是致富，今天的知识分子也在焦虑，只不过焦虑的是如何致富，就像黄英说的：“贫者愿富，为难；富者求贫，固亦甚易。”

《黄英》(二)：苟且、诗与远方，可兼得也

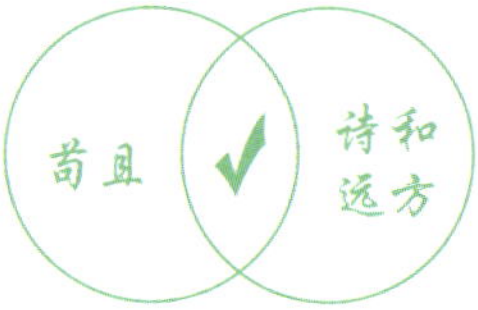

话说马子才娶了黄英，二人生活得还不错，陶生此时并没有跟姐姐、姐夫生活在一起，而是在金陵卖菊。

有一天，马子才去金陵办事，恰逢菊花盛开时节，路过一间花肆，看到肆中菊花品相绝佳，就怀疑是陶生的店铺。过一会儿，店主人出来见客，果然是陶生。姐夫小舅子相见，自然非常高兴，马子才竭力邀请陶生跟他一起回去。经过一番劝说，陶生终于答应了他。回来之后大修亭园，天天跟姐夫一起下棋喝酒，过上了悠闲自在的日子。

陶生嗜酒，但从未醉过。马子才有个朋友曾生也是海量，无人能敌，经马子才介绍，陶生与曾生一见如故，相见恨晚。两人

从辰时喝到夜里四更天，各自饮尽百壶之后，曾生烂醉如泥，沉睡座间，陶生站起来想去睡觉，出门踩到菊花畦，只见“玉山倾倒，委衣于侧，即地化为菊，高如人；花十余朵，皆大于拳”，醉后的陶生变成了一株菊花。

这可把马子才吓坏了，他赶忙跑去告诉黄英。黄英听说后慌忙赶过去，把这株菊花拔出来放到地上说：“怎么醉成这个样子！”然后给菊花盖上衣服，拉着马子才就走，不让他看。等到天亮，马子才过去一看，陶生就躺在菊花畦边。此时他突然醒悟，原来黄英姐弟俩都是菊花精！作为一个酷爱菊花的人，马子才不仅没感到害怕，而且“益敬爱之”，对姐弟俩的感情更加深厚了。

陶生自从现过原形后，更加肆无忌惮地豪饮，并常邀曾生同饮，二人遂成莫逆之交。有一天恰好是花朝节，曾生造访，带来一坛药酒。曾生喝醉之后，仆人将他背走，而陶生则醉倒在地，再次化为菊花。马子才见怪不怪，按惯例把菊花拔出来，守在旁边静观其变。没承想，这次菊花不仅没变成人，叶子还迅速憔悴，马子才一看不对劲，又赶忙跑去告诉黄英，黄英一听也害怕了：“你可害死我弟弟了！”

等到二人跑过来，菊花根株皆已枯萎，黄英“痛绝，掐其梗，埋盆中，携入闺中，日灌溉之”，期望能有奇迹发生。马子才也悔恨欲绝，心里非常怨恨曾生。但没过几天，听说曾生也醉死了。黄英种在花盆里的花渐渐萌芽，九月盛开，“短干粉朵，嗅之有酒香”，于是取名“醉陶”。人家的花要浇水，这盆花浇酒则更茂盛。

《黄英》这个故事写了菊花，还写了饮酒，姐弟俩又姓陶，这些让人联想到陶渊明饮酒是陶诗的重要题材。他在《五柳先生传》里说：“性嗜酒，家贫不能常得。亲旧知其如此，或置酒而招之。造饮辄尽，期在必醉。既醉而退，曾不吝情去留。”

菊与酒在陶诗里随处可见，比如“秋菊有佳色，裛露掇其英。泛此忘忧物，远我遗世情。一觞虽独尽，杯尽壶自倾”，“酒能祛百虑，菊解制颓龄”，以至于后世看到“陶渊明”三个字就能联想到菊花和酒，白居易甚至称陶诗“篇篇劝我饮，此外无所云”。

《黄英》中的陶生本身为菊花精，善种菊，以菊花而致富，还结交了爱菊的马子才，一生都与菊花有关。最后醉死的结局虽然是个悲剧，却化而为“醉陶”之菊，以酒浇灌，散发着酒香，也带有十足的美感。

蒲松龄评价说：“青山白云人，遂以醉死，世尽惜之，而未必不自以为快也。”“青山白云人”用了《旧唐书》中傅奕的典故，傅奕常常醉酒酣卧，并自撰墓志铭：“傅奕，青山白云人也，因酒醉死。”醉死的结局，固然令人惋惜，但对于当事人而言未必不是一件快事。

刘伶曾作《酒德颂》:“兀然而醉，豁尔而醒；静听不闻雷霆之声，熟视不睹泰山之形，不觉寒暑之切肌，利欲之感情。俯观万物，扰扰焉，如江汉之载浮萍；二豪侍侧焉，如蜾蠃之与螟蛉。”这是魏晋的酒，放浪形骸，纵酒避世。

杜甫也曾作《饮中八仙歌》:“李白一斗诗百篇，长安市上酒家眠。天子呼来不上船，自称臣是酒中仙。张旭三杯草圣传，脱帽露顶王公前，挥毫落纸如云烟。”这是盛唐的酒，酣畅淋漓，快意人生。

蒲松龄作《黄英》，陶生种菊、卖菊，不以贩花为俗，坦坦荡荡地致富，乍一看是现实主义的理性与务实；而醉死化菊，又富有理想主义的感性与浪漫。这是清代的酒，眼前的苟且和诗与远方，兼得也。

或如陶生醉死而化为散发酒香的菊花，或似傅奕醉死于青山白云之间，或像刘伶五斗消酒病、荷锸任埋之，在庸常的人世间，总有人简约云澹、超然绝俗；总有人醉眼蒙眬、快意人生；总有人诗意地栖居在这大地上。正是这样的人，让我们觉得：人间，真值得。

《小二》（一）：被酒莫惊春睡重，赌书消得泼茶香

黄英靠种菊、卖菊致富，思想和经济都很独立，是《聊斋志异》中一位非常独特的女性。是不是只有精怪们才能如此开明、能干？非也非也，在《聊斋志异》里，人类女子也有出色表现，甚至更具有现代独立女性的特质，在一众花妖狐魅组成的聊斋群芳谱中闪耀着独特的光芒，她就是小二。

《聊斋志异》中的女子往往都有一个好听的名字，比如娇娜、翩翩、婴宁、青梅、胭脂、湘裙，等等，无论字形还是字音，都特别娟静美好。再不济，也可叫作封三娘、辛十四娘、胡四娘、荷花三娘子之类的，总之名字都带有鲜明的女性色彩。唯有小二的名字，取得似乎漫不经心，大概因为她在家排行第二，上面有

个哥哥，所以就叫小二了吧。

小二姓赵，家住滕邑（今山东滕州），爹妈都信佛，乐善好施不吃荤，家境比较富裕。小二从小长得十分聪明漂亮，她爹赵旺非常疼爱这个宝贝闺女，就让六岁的她跟着哥哥赵长春一起去学堂读书，学了五年就能熟读五经。

小二读书时有个男同学名叫丁紫陌，大她三岁，文采风流，同窗多年后就爱上了这个美丽的女同学赵小二。于是，丁家前去赵家求亲，但赵旺希望女儿能嫁入豪门，就断然拒绝了丁家。

后来，赵旺加入白莲教，全家人都投靠了徐鸿儒。白莲教是流行于元、明、清三代的一种民间宗教，源于佛教净土宗，元、明时期由崇奉弥勒佛转而奉无生老母为创世主。白莲教因为允许男女一同于禅堂中修行，所以也招致了“男女通淫”的恶名。元代后期一直到明清，白莲教在民间教派林立，屡屡遭到政府严禁却屡禁不止。

据《明史》记载，天启二年，山东遇到天灾，官府救济不力，徐鸿儒利用这个时机，率领白莲教徒在山东郓城徐家庄起事，后来他被拥立为中兴福烈帝，建立了自己的政权。徐鸿儒的部队曾攻打滕邑，《小二》中记载的小二家住滕邑、投靠徐鸿儒的队伍，都是有历史依据的。

白莲教主张男女同修，《小二》中的徐鸿儒也有六个女弟子，小二是其中最聪明、最优秀的一个，剪纸成兵、撒豆为马的法术一学就会，赵旺也因女儿的缘故，得到徐鸿儒的重用。

丁紫陌虽然求婚遭拒，但对小二念念不忘，听说她们全家投靠了徐鸿儒，也前来投奔。这时候的小二作为徐鸿儒的高足在军中主持军务，每天都很繁忙。丁紫陌乘隙对小二进行策反，说："我非妄意攀龙，所以故，实为卿耳。左道无济，止取灭亡。卿慧人，不念此乎？能从我亡，则寸心诚不负矣。"

然后，作者用了"怃然为间，豁然梦觉"八个字形容小二的觉醒。天哪，这个转折也太突然、太容易了，要是放在现代电视剧里，光这八个字就能演不止八集。具体情节不追究，大概是爱情的力量吧，反正小二突然醒悟，说："背亲而行，不义，请告。"于是就去说服父亲赵旺一起离开，赵旺可没这么容易醒悟，反驳说："我师神人，岂有舛错？"

小二也不再坚持，"易髫而髻"，也就是将披肩发改为发髻，表示从少女变为妇人，就算出嫁了。然后拿出两只纸鸢，跟丁紫陌各跨一只，比翼齐飞，就这样走了。从这里可以看出小二的性格：当断则断，想明白了立刻执行，一点儿也不含糊；说嫁人就嫁人，认准了对的人，变个发型就算举行过婚礼，也算是裸婚的典范。

二人骑着纸鸢飞到了莱芜的山沟里，租下房子开始过日子。因为走得匆忙，这小两口啥也没有，丁紫陌去跟邻居借粮食，初来乍到，谁也不认识，也没人肯借给他们。小二也不着急，把自己的首饰当了，维持生活。两人每天在家里宅着，干什么呢？猜猜灯谜，回忆一下读过的书，小日子过得虽然穷，但是文艺又浪漫。

小二家西邻住着一户人家，主人姓翁，是个打家劫舍的绿林中人。一天，这个姓翁的打劫回来，被小二看到了，对丈夫说："有这样一个邻居，咱还愁什么呢？跟他借点儿。"丁紫陌感到很为难，小二说："放心，我自有办法让他借得心服口服。"于是就用纸剪了一个判官放在地上，在上面盖了一个鸡笼。

然后，小二就拉着丈夫坐到榻上，"煮藏酒，检《周礼》为觞政"，也就是二人煮酒，翻阅《周礼》中的字句，以此来确定罚酒之数。他俩是这样玩的：随便说一下第几册第几页第几人，然后两人一起翻看原书，翻到《周礼》中以"食""水""酉"为偏旁之字者，罚饮酒；翻到"酒"部之文者，加倍罚饮。因为《周礼》中有一些篇章记载了周王朝饮食祀享的官吏奴仆和各类饮食的名称，所以这些字都很容易找到。

小二先翻到"酒人"二字，"酒人"是《周礼·天官》中的篇名："酒人掌为五齐三酒，祭祀则供奉之。"好家伙！这得喝多少？丁紫陌就赶紧倒了满满一大杯给老婆。小二说："如果我能借到钱，你可得好好喝。"丁紫陌也去翻书，得到"鳖人"二字，

“鳖人”也是《周礼·天官》中的官名，只听小二大笑说：“钱到了”，就给丈夫倒酒。丁紫陌表示不服，因为“鳖人”没有“食”“水”“酉”中的任何一个部首，但小二说：“君是水族，宜作鳖饮。”

“鳖饮”是一个典故，沈括在《梦溪笔谈》中记载石曼卿每与客人痛饮，“以稿束之，引首出饮，复就束，谓之‘鳖饮’”。张舜民也在《画墁录》中记载：“苏舜钦、石延年辈，有名曰鬼饮、了饮、囚饮、鳖饮、鹤饮。鬼饮者，夜不以烧烛；了饮者，饮次挽歌哭泣而饮；囚饮者，露头围坐；鳖饮者，以毛席自裹其身，伸头出饮，毕复缩之；鹤饮者，一杯复登树下再饮耳。”石曼卿即石延年，是北宋的文学家、书法家。

小二由“鳖人”而引出“鳖饮”的典故，算是夫妻之间的小小戏谑和耍赖，给二人的文艺生活增添了更多的情趣。丁紫陌正抗议着，忽然听到鸡笼中有动静，打开一看，哇！好多银子！又有情趣，又有钱花，可以想见二人开心的样子。

后来，翁家保姆抱着孩子来玩，悄悄对小二夫妇说：“哎，跟你们说一件特大奇闻。那天主人刚回来，正点灯坐着，突然地上裂了一个大口子，一个判官从里面出来说：‘我是地府负责缉盗的官员，东岳大帝到地府来，看了强盗的名单，须有银灯千架，每一架要重十两。你得施一百架，才能消掉你的罪恶。’主人听了特别害怕，赶紧焚香祷告，立刻献上了一千两银子。判官拿着银子又回到地下，地上的裂口也合上了。”

小二和丁紫陌听了啧啧称奇，都说：“天哪，太吓人、太奇怪了。”所谓人生如戏，全靠演技，小二夫妇的演技也还不错。从此，二人就买牛马，蓄厮婢，盖房子，日子就这样过起来了。

这个故事先讲一半，后续故事且听下回分解。在这前半段里，我们知道小二是个非常聪明、果断、做事有主见的女子。更难得的是，她跟丁紫陌的婚姻是以爱情为基础的，这一点在遵循“父母之命、媒妁之言”的古代社会非常难得。

彼时很多女孩子直到婚礼的当天晚上才知道自己嫁了什么样的男子，好赖都得认了。相比而言，小二是幸运的，她跟丁紫陌是多年同窗好友，年貌相当，知根知底，有深厚的感情基础，两个人又都有满腹诗书，所以婚后才能过上琴瑟和鸣的文艺生活。

古代社会文化普及率本来就很低，又奉行“女子无才便是德”的原则，女性读书受教育者尤其少。所以一个男子能娶到一个文化水平相当的人做老婆也不容易，纳兰性德曾有过这样的幸运，他在一首非常有名的悼亡词里追忆了这种幸福：“谁念西风独自凉，萧萧黄叶闭疏窗，沉思往事立残阳。被酒莫惊春睡重，赌书消得泼茶香，当时只道是寻常。”

所谓“赌书消得泼茶香”用的是李清照、赵明诚夫妇二人的典故。李清照曾在《金石录后序》中写道："每饭罢，坐归来堂烹茶，指堆积书史，言某事在某书某卷，第几叶，第几行，以中否角胜负，为饮茶先后。中即举杯大笑，至茶倾覆怀中，反不得饮而起。"小二夫妻俩赌书饮酒与李赵二人赌书饮茶如出一辙。夫妻之间文化水平相当，情投意合，生活中处处充满了情趣，这大概是无数人的向往，不要说在古代社会，即便放在21世纪的今天，也属不易。

很多年轻人恐婚、不婚，大约就是无法想象婚后生活的漫长。明明两个人共对，可是彼此不在一个频道上共振，会显得比单身更孤独，就像刘震云在《一句顶一万句》里说的："一个人的孤独不是孤独，一个人找另一个人，一句话找另一句话，才是真正的孤独。"

《小二》（二）：古代社会的现代独立女性

《小二》的故事在上一篇文章里讲了一半，大家通过上半部分可知小二的性格特点，就是聪明、果断，还特别有情趣、会生活。这一篇接着往下讲，大家会发现小二不止上述优点，她冷静、理性，有超强的经营管理才干，是一个独立、自信的女强人，在中国古代妇女中是个独特的存在，颇具现代独立女性的特点。

前文说到小二夫妇用法术跟隔壁的绿林匪首“借”了一千两银子，从此开始安居乐业。但地方上有些流氓无赖看到小二家的日子越过越富裕，就纠集了一群人翻墙来打劫。丁紫陌夫妻俩睡得正香，突然被惊醒，睁眼一看，一屋子举着火把的盗匪！两个坏蛋抓住了丁紫陌，还有一个不要命的竟然把手伸到小二怀里。小二站起来，用食指和中指一指，说："止，止！"十三个盗匪立刻"吐舌呆立，痴若木偶"。

这时，小二才穿上衣服下床，招呼家人把这群人捆起来审问，并语重心长地教训他们说："外乡人来此隐居，原希望得到扶持和照顾，没想到你们竟不仁不义到如此地步！谁都有手头紧的时候，要是真的缺钱可以告诉我，我岂能坐视不管？以你们的豺狼行径，本该全部杀掉，但我不忍心，暂且放了你们，再犯定不饶恕。"这群盗匪叩谢而去。

没过多久，徐鸿儒事败被擒，赵旺全家都被诛杀。丁紫陌带着钱把小二之兄赵长春三岁的儿子赎了回来，养为己出，改名丁承祧。但这世上没有不透风的墙，渐渐地，左邻右舍就知道丁家是白莲教教徒的亲属。

恰好此时发生了蝗灾，小二剪了几百只纸鸢放到田里，把蝗虫都吓跑了，她家的田全都完好无损。大家伙一看都眼红了，结伙去官府告发他们，说小二两口子是徐鸿儒余党。官老爷早就垂涎于丁家的财富，正好趁机捞一把，就立刻关押了丁紫陌。丁紫陌拿出了好大一笔钱贿赂官府，才得以幸免。小二说："货殖之来也苟，固宜有散亡。然蛇蝎之乡，不可久居。"于是，两人毅然决然地处理了家里的产业，搬到了益都的西边。

到了新地方，小二开办了一家琉璃厂。你没看错，她办了一家工厂，做了一名企业家，生产制作琉璃制品。小二厂子生产的产品式样新奇，卖的价格比同行高，销量还比同行好，没过几年，就成为当地的大富豪。

小二不仅善于经营，还很善于管理，手底下管着几十号人，人人高效率工作，没一个吃闲饭的。夫妻俩五天检查一次账本、登记簿和员工们的工作业绩，赏罚分明。检查工作这天，取消员工夜班，设宴招呼他们一起喝酒唱曲为乐。因为小二太聪明能干了，没人敢骗她，也骗不了她，又因为她给的工资奖金高于对方付出的劳动，大家都心服口服，乐意跟着她干活。

这么看来，小二颇有些王熙凤的才干，又不似凤姐那般狠辣，有些像薛宝钗，却比宝钗勇于担当。总起来说，小二更像探春，脑子清楚活络，管理中能做到宽严相济、奖惩分明，而且还有不俗的品位和情趣，工作之余跟丁紫陌一起烹茗、下棋、读书，日子过得张弛有度。

作为一个女企业家，小二还具有社会责任感，自己富了不忘造福乡里。比如，给村里的贫困户送些本钱做生意，让大家都有事做、有饭吃，村里的治安随之好了很多；又比如，逢大旱之年，小二作法求雨，为方圆五里之内解决了旱情。村里有这样一个能干又善良的企业家，谁能不敬服？

更让人佩服的是，小二能积谷防饥，未雨绸缪。每到秋天，她就出钱让村里的小孩子去挖野菜，晒干了存起来，就这样攒了快二十年，堆积得满屋满楼，惹得大家都笑话。但后来山东出现了大饥荒，有的地方甚至出现了人吃人的现象，小二把储存的野菜拿出来，搀上粮食做成食物分给吃不上饭的人，全村都赖以存活下来，没一个人外出逃荒。

综合来看，小二就是一个有见识、有魄力的女强人。但是在中国，“女强人”“强女人”都不是褒义词，大家觉得她们泯灭了性别色彩，不会生活，只有工作，同类的还有女博士，即所谓的“第三种人”。

凡是对女强人、强女人和女博士带有上述偏见的，都是没跟真正的女强人、强女人和女博士相处过的。真正的女强人，是哪儿哪儿都强，不仅工作上强，生活上一点儿也不弱，家里家外都是一把好手，情商智商都不低，不然怎能在工作中表现出色呢？还有女博士，读书读了这么多年，过五关斩六将，寻常女人能做到的她们都能，若是不做，非不能也，是不为也。就像小二一样，书读得好，事业做得好，生活也有情趣，人际关系也处得好，这样的女强人哪点儿不可爱？

不过，作者在《小二》的最后评论说：“二所为，殆天授，非人力也。然非一言之悟，骈死已久。由是观之，世抱非常之才，而误入匪僻以死者，当亦不少。焉知同学六人，遂无其人乎？使人恨不遇丁生耳。”

这段话否认了女性的能力和才干，认为没有男人的帮助，女人可能会执迷不悟。说到底，还是没有承认女性思想、经济独立的价值。所以，《聊斋志异》虽然塑造了一个具有现代独立特征的女性，其思想价值仍低于《红楼梦》。《红楼梦》里的女孩子们虽然没有一个像小二这样的女强人，但作者开篇即言：“忽念及当日所有之女子，一一细考校去，觉其行止见识皆出于我之上。何我堂堂须眉，诚不若彼裙钗哉？”对女性的肯定和尊重是《红楼梦》伟大所在。

而《聊斋志异》虽然描写了小二这样一个具有现代独立特征的女性，却以“二所为，殆天授，非人力也”“使人恨不遇丁生耳”降低了其思想价值，非常可惜。

《颜氏》：丈夫学习不好怎么办？走开，让我来！

黄英和小二让大家看到了古代女企业家的风采，她们的独立和能干想必给大家留下了深刻印象。其实《聊斋志异》里不仅有成功的女商人，还有女学霸，论起读书做学问，一样不让须眉，《颜氏》就讲了这样一个故事。

《颜氏》的女主角是颜氏，男主角是她的丈夫，作者连个姓也没给他备注，只称“某生”，我们就称他为书生好了。颜氏是一个孤女，为名士之后，自幼从父亲读书学习，非常聪慧，有过目不忘之能，其父感慨道：“吾家有女学士，惜不弁耳。”古代男子加冠曰“弁”，颜父见女儿如此聪慧，只可惜生为女儿身，空有满腹才华，却无法像男子一样求取功名，就下决心定要为女儿择一个优秀的女婿。遗憾的是，颜氏的终身大事还未来得及落实，她的父母就先后亡故了。

有一天，邻妇来与颜氏聊天，带来一把用字纸裹着的绣线，边聊天边做女红。颜氏毕竟是知识女性，一下子就被字纸上的笔迹吸引了。原来这是书生写给邻生的书信，这信不仅内容写得好，字也漂亮，颜氏心想写这信的人也必定是才华横溢。于是，邻妇就为颜氏做媒，成就了她与书生的姻缘。这位书生“丰仪秀美，能雅谑，善尺牍”，长得好看，说话风趣，还能写一手漂亮的书信，看起来真是“好看的皮囊和有趣的灵魂”的完美结合。颜氏觉得自己找对了人。

没想到的是，书生虽然能写一手漂亮的书信，却写不好八股文。那时候考学不考写书信，就考八股文，八股文写不好，意味着前途无望。颜氏自幼聪慧，又得父亲真传，一看丈夫八股文不行，赶紧出手相助，每到傍晚，“先挑烛据案自哦，为丈夫率，听漏三下，乃已”，为了给丈夫做出表率，她自己也天天学习到半夜，做了名副其实的陪读。

就这样过了一年多，书生的八股文进步很大，可毕竟基础薄弱，考试再次败北，家里的日子日益窘迫，连吃饭都要成问题了。颜氏忍不住对丈夫说：“君非丈夫，负此弁耳！使我易髻而冠，青紫直芥视之！”我但凡是个男人，考中是分分钟的事！书生本就懊恼，一听媳妇这样说，气得哇哇大叫：“闺中人，身不到场屋，便以功名富贵似汝在厨下汲水炊白粥；若冠加于顶，恐亦犹人耳！”你一个娘们，以为求取功名富贵像煮饭那么容易吗？有种你去试试！

颜氏不仅智商高，情商也不低，一看丈夫恼了，赶紧笑着说：“哎呀，你也别生气。等到试期，我假扮男装去试试，要是也落第了，从此不敢小瞧天下士子。”其实她哪里是小瞧天下士子，只是瞧不起丈夫罢了，但是“看破不说破，朋友继续做”，夫妻也一样，面子还是要留一些的。颜氏又说：“听说你老家顺天府还有老宅，我就假扮你的弟弟，反正你自幼离开老家，也没人能识破。”说罢，转身扮男装而出，问丈夫：“你看咋样？”书生一看，好一个翩翩少年郎！于是，两人买了头驴子做交通工具，准备返回老家备考。

二人回到顺天府，书生的堂兄尚在，一看两个美如冠玉的弟弟从外而归，非常开心，又见两人勤奋苦读，更是爱敬有加。从此，这兄弟二人就在老家住了下来。只不过，家里大大小小的应酬均由哥哥出面，弟弟似乎比较害羞，很少出来见客。大家偶尔读了弟弟的文章，又见过本尊一两面，均被其才华容貌折服，高门大户争相要弟弟做女婿。堂兄前来商量，弟弟说：“矢志青云，不及第，不婚也。”

但凡女扮男装者最怕的就是被姑娘看上，比如《天盛长歌》里的魏知，要不是被韶宁公主穷追不舍，也不至于变回风知微。花木兰为什么能从军十二载，战友们却“不知木兰是女郎”？就因为战友都是男的，要是有个姑娘哭着喊着非要嫁给她，可能也撑不到十二年就暴露了。

兄弟二人一起去赴试，不出意外，哥哥又落第了。但是，弟弟“以冠军应试，中顺天第四；明年成进士；授桐城令，有吏治；寻迁河南道掌印御史，富埒王侯”。弟弟这一路平步青云，一帆风顺，确实拾青紫如草芥，官至监察御史。不过这位御史没干多久，就托病退休回家了。回家之后，宾客盈门，都谢而不纳，也不娶妻，人皆怪之。

恰逢明亡，天下大乱，颜氏终于把实情告诉堂嫂：“实相告：我小郎妇也。以男子阘茸，不能自立，负气自为之。深恐播扬，致天子召问，贻笑海内耳。”嫂子不信，颜氏脱下靴子给嫂子看，果然一双小脚，再一看靴子，里面填满了棉絮，方始相信。蒲松龄评论说：“天下冠儒冠、称丈夫者，皆愧死矣！”

女扮男装是中国古代小说戏曲中常见的情节，比如花木兰扮男装替父从军，祝英台扮男装出门求学，孟丽君扮男装连中三元。在古代社会，从军、求学、参加科举，这些都是男人的特权，女人要想像男人一样从事这些活动，只能假扮成男人的样子，多少才华横溢的女子，就这样被埋没于历史的烟尘之中。就像《红楼梦》里的男子大多为须眉浊物，而女子则聪明灵秀，见识才华皆出于男子之上，可惜社会没有给她们展示才华的机会，她们的世界只能囿于一庭一院。

那些女扮男装的女子结局如何呢？花木兰“脱我战时袍，著我旧时裳。当窗理云鬓，对镜帖花黄”；祝英台十八相送，殷勤叮嘱梁山伯“梁兄你花轿早来抬，我约你七巧之期我家来”；颜氏虽然做到了监察御史，也不得不早早告病还乡，回归女儿身。

要论倔强，当属《再生缘》里的孟丽君。孟丽君为了救自家和夫家，女扮男装化名郦君玉，连中三元，官至兵部尚书，与父兄丈夫同殿为臣，却拒绝相认。后因醉酒暴露了身份，被皇上知道真相，想纳她为妃，孟丽君进退两难之际，作者陈端生就此搁笔，《再生缘》没有了结局。后来梁德绳、许宗彦为《再生缘》续写了后三卷，给了它一个大团圆结局，孟丽君还是回归了女儿身。这个结局到底是不是陈端生所希望看到的，我们不得而知。但陈端生为什么写了十七卷就辍笔，大约也不知暴露身份的孟丽君该何去何从吧。

两相对比之下，作为一名生活在21世纪的女性，我能以女性的身份戴上博士帽，有自己喜欢的工作，有独立的经济来源，这一切看似天经地义，但仔细想想，实属不易。远的不说，放到一百多年前，要想实现这些，大约也得在鞋子里塞上棉花女扮男装吧。

《嘉平公子》：外貌协会败给精神鸿沟

《颜氏》这个故事告诉人们一个道理：以貌取人靠不住。这个观点在《嘉平公子》里得到了强化。

嘉平有一位公子，以下简称公子，长得“风仪秀美”，是个大帅哥。公子十七八岁的时候，于赴童子试途中偶然路过一所妓院，发现里面一位二八佳人正目不转睛盯着他看。这也不奇怪，帅哥谁不想多看两眼？公子上前搭讪，佳人与之相约黄昏后见面。

晚上，佳人如期而至，并自报芳名“温姬”，因爱慕公子风采，故自荐枕席，公子得此美人，欣然应允。此后，温姬每隔两三天就过来相会。

一天晚上，外面淅淅沥沥下着雨，温姬冒雨而来，一进门就脱下湿漉漉的衣服和靴子躲到被窝里，并请公子帮她擦拭一下靴上的泥巴。公子拿过来一看，这是一双崭新的五彩织锦靴，却被雨水污泥所毁，他很是惋惜。温姬说：“妾非敢以贱物相役，欲使公子知妾之痴于情也。”温姬这是典型的痴情女孩儿家心态，为了爱情冒雨而行，不惜毁掉一双簇新的靴子。可这双鞋不能白白毁掉，得让心上人刷鞋，让他明白：我并不是要役使你给我刷靴子，而是要你明白我冒雨前来的一份痴情。

这时，“画檐细雨偏红烛”，面对心仪的帅哥，文艺女青年温姬有感而发吟了一句诗：“凄风冷雨满江城。”然后满含期待地让公子接下一句。想想那画面，细雨、红烛、罗帐，才子、佳人、诗词，这些美好的事物组合在一起，简直就是完美的人生浪漫图景。

但是，公子“辞以不解”，画风陡然改变。温姬失望地说：“公子如此一人，何乃不知风雅！使妾清兴消矣！”唉，没想到这样一个外貌俊美的男子，却是银样镴枪头，腹中草莽，搞得人兴致索然。可以想象温姬的失望，但她还没有绝望，劝公子好好学习、天天向上，公子也答应了。

后来一个偶然的机会，公子得知温姬早就死了，现在看到的其实是温姬的鬼魂。女鬼温姬说：“诚然。顾君欲得美女子，妾亦欲得美丈夫。各遂所愿足矣，人鬼何论焉？”公子一听，这话说得

We Chat 《聊斋志异》

有道理啊。说到这里，不得不承认公子虽然没学识，但是有胆量，也很豁达。

公子考完试后，温姬跟着他一起回了家，好在只有公子能看见她，别人都看不到。但是纸终归包不住火，公子的父母不久也知道了这件事，很害怕，劝儿子跟温姬断绝关系，还请了术士作法。可儿子却不以为然，作法也不起作用。

直到有一天，公子给仆人留了一张便条放在桌子上，碰巧被温姬看到了。天哪！上面有很多错别字，比如把“椒”错写为“菽”，“姜”错写为“江”，还把“可恨”写成“可浪”。此时温姬彻底绝望了，在便条后面留言：“何事‘可浪’？‘花菽生江’。有婿如此，不如为娼！”然后对公子说：“妾初以公子世家文人，故蒙羞自荐。不图虚有其表！以貌取人，毋乃为天下笑乎！”说完，温姬就消失了。公子虽然惭愧又遗憾，但他仍不明白温姬在便条后面附的那首诗是什么意思，只好让仆人给他解释。幸亏温姬此时已经消失，不然，看到这一幕非得吐血不可。

无论男人还是女人，长得好看都是一种幸运，以貌取人是人性的弱点。可是人终究不同于动物，除了自然属性，还具有社会属性。男女相处，爱慕外表更多地源自生理本能，但只有这个是远远不够的，更需要精神上的门当户对。

所以，世间很多分手的怨偶跟素质、品位高低无关，关键在于是否般配，是否相当。你像伯牙，我似子期，高山流水都能听懂，这是般配；你喜鸡毛，我爱蒜皮，柴米油盐都能理解，这也是般配。怕的就是一个阳春白雪，一个下里巴人，鸡同鸭讲，难以对话，外表再美好，终难愉快地共度一生。

人们说遇到好看的人不难，遇到优秀的人也不难，难的是遇到一个懂你的人。所谓“懂”，不就是精神上的门当户对吗？

《画皮》：不经历一些事情，女人真的看不清自己嫁的到底是个什么鬼！

颜氏的丈夫和嘉平公子虽然学识跟外貌不匹配，但在品行上并无明显的瑕疵，说到底还都是好人。要是以貌取人，遇到一个披着人皮的厉鬼，付出生命的代价，那才是可怕至极。在《画皮》中的陈氏面前，颜氏和温姬遇到的那都不叫事儿。

故事说的是太原王生有一天早上出门，路遇一个行色匆匆的漂亮女郎，就上去搭讪。女郎自述自己被父母卖给侯门，遭其大老婆嫉恨，每日不是挨打就是挨骂，不堪其苦，因而逃遁。王生本来看到漂亮女子就两眼放光，一听她还是逃跑出来的，尚无去处，于是自告奋勇英雄救美，把这女郎接到了家里，金屋藏娇。老婆陈氏怀疑这女子是大家逃跑出来的媵妾，让他赶紧把她送走，无奈王生色迷心窍，根本不听。

有一天，王生在街市偶遇一个道士，道士问他："何所遇？"王生答曰："无之。"道士曰："君身邪气萦绕，何言无？"王生坚持说没什么异常。道士说："惑哉！世固有死将临而不悟者！"王生虽然嘴硬，听了道士的话，就有点怀疑那个来路不明的女子，但转念一想明明是个漂亮姑娘，怎么能是妖怪呢?

待王生回到家，发现室门紧闭，有点不大对劲，就蹑手蹑脚地趴在窗户上偷看，这一看不要紧，他的魂儿都被吓飞了。只见屋里"一狞鬼，面翠色，齿巉巉如锯，铺人皮于榻上，执彩笔而绘之"，那画面太美不敢看：一个青嘴獠牙的厉鬼，长着一张大绿脸，还有白森森的大牙齿，正在彩绘人皮，吓死个人！

更吓人的是，这个鬼画完人皮，就把皮抖一抖披到身上，立马变成漂亮的女郎。小时候看到这里，我就很不明白这个鬼为什么不嫌麻烦，把人皮脱了再穿，穿了再脱，还得重新描画，到底图什么？现在想来大约是鬼披着人皮就像人穿了不合身的衣服，捆得慌，时常得脱下来透透气。

王生看了这场面后赶紧去追赶道士，好不容易找到了，苦苦哀求道士帮他驱除恶鬼。道士说人家鬼也不容易，我也不忍心加害，这样吧，给你一把拂尘挂在卧室门外即可，然后跟王生相约再会于青帝庙。

推荐
同城
磨皮
瘦脸
大眼

王生回家，立刻照道士的吩咐把拂尘挂在卧室门上。当天夜里一更天的时候，只听门外有动静，王生这个怂货自己不敢出去看，就让老婆去看看是谁。陈氏悄悄一看，正是那个女郎来了，看到拂尘不敢进来，咬牙切齿地站了良久才离开。这个鬼大概是躲到一边做了一番思想斗争，过了一会儿又回来了，一把扯下拂尘撕个稀巴烂，踹开房门，三步并作两步跨到床上，豁开王生的肚子，挖了他的心，大摇大摆地走了。只留下陈氏号啕大哭，惊醒了婢女秉烛而入，但见王生腔血狼藉，已经死了。

第二天，陈氏让王生的弟弟二郎去青帝庙找道士求助。道士很生气，觉得这个鬼太不识抬举，决心收了她。待道士和二郎回了家，那女子已经消失，道士掐指一算，说幸亏没走远，就在南院。原来南院正住着二郎一家，道士问："你家今天有没有陌生人来访？"二郎说我回家问问去，果然家人答复早晨来了一个老太太求职做用人，还在家里没走呢。道士说这个老太太就是鬼。

道士跟着二郎回家，一通斗法，以木剑收了厉鬼，最后鬼变作浓烟被道士收到葫芦里，又把那张人皮卷成一轴，跟葫芦一起收入囊中，准备告辞。这时，陈氏拦住道士，哭求令王生起死回生之术。道士说："对不起啦，我的法术不够，不能起死回生，给你推荐一个人吧。"

陈氏按照道士的指点来到街市上，只见道士推荐的那人是一个乞丐，“颠歌道上，鼻涕三尺，秽不可近”。为了救丈夫，陈氏也顾不了许多，就跪下说明缘由。乞丐说：“异哉！人死而乞活于我，我阎罗耶？”以杖击陈氏，引来很多吃瓜群众围观。乞丐向手心里吐了一口浓痰，举着手放在陈氏嘴边说：“吃下它！”陈氏又羞又恼，可是一想道士的嘱咐，只得一闭眼吃了下去，只觉得这口痰硬邦邦地梗在胸间。乞丐大笑：“佳人爱我哉！”然后就起身走了。

这边厢陈氏羞愤难当，既受了这腌臜乞丐的侮辱，又没能救活丈夫，回到家发现王生的尸体还在那里横着，鲜血淋淋，家里的仆佣也不敢上前收尸。陈氏抱着王生的尸体，越想越委屈，越想越气恼，一边给他整理肠子，一边哇哇大哭。突然，只觉得想呕吐，胸间梗着的那口痰吐了出来，恰好落在王生腹中，只见“乃人心也，在腔中突突犹跃，热气腾蒸如烟然”，那口痰竟然变成了一颗心脏！陈氏赶紧给王生合上腹部，包扎创口，就这样，王生复活了。

蒲松龄在文末评论道：“愚哉世人！明明妖也而以为美。迷哉愚人！明明忠也而以为妄。然爱人之色而渔之，妻亦将食人之唾而甘之矣。天道好还，但愚而迷者不悟耳。哀哉！”一方面，作者感慨人类容易被外表迷惑，不分人妖，不辨忠奸，还自以为是，实则愚蠢至极。另一方面，他认为男人好色，不仅使自己有性命之忧，还让老婆吃别人吐的痰，可谓天道好还。

《聊斋志异》里写了不少这样的故事套路，一个书生被美女投怀送抱，然后被道士看出身有邪气，最后道士收了变作美女的鬼怪妖精。《画皮》是此类故事的翘楚，因为“画皮”这个情节的设定带有一定的隐喻色彩，印证了那句俗语：“画虎画皮难画骨，知人知面不知心。”人性最复杂，知人最困难，人最容易被美好的外表迷惑。

但就像是被诈骗的总是爱贪小便宜的人，被妖魔缠身的也总是那些德行轻浮的书生。如果一个书生谨守圣人教诲，非礼勿视，非礼勿听，非礼勿言，非礼勿动，妖魔也会敬畏他三分，灾难也不会找上门。王生路遇美女，如果不主动搭讪，搭讪之后不心存私念，也不会被挖了心脏，惨死卧榻。

如果说故事中的美丽女郎是披着人皮的厉鬼，那么王生就是披着人皮的色鬼及胆小鬼，看到美女就色心顿起，知道美女是鬼一秒变怂，鬼在外面敲门，自己不敢出头，把老婆推到迎敌第一线，更不用说被鬼挖了心之后，还把一个烂摊子留给老婆去收拾。相比之下，陈氏表现得坚强勇敢，有情有义，能屈能伸，比自己的丈夫更有气概。可是蒲松龄并没有对陈氏做出任何赞许，反而觉得这都是王生好色的报应。

所以说，不经历一些事情，女人真的看不清自己嫁的到底是个什么鬼！可怜陈氏就算看清了也不能离婚，因为古代只有休妻，没有休夫这一说。嫁鸡随鸡，嫁狗随狗，嫁个色鬼及胆小鬼，就得活成一个汉子。

《辛十四娘》（一）：鬼狐的世界也不比人类世界容易

《聊斋志异》写了很多了不起的女性，既有女人，也有女鬼、女妖和女神，同时也刻画了不少让人一言难尽的男人。《辛十四娘》告诉我们，事情并不简单，遇到一个不省心的男人，狐女也得操碎了心。

《辛十四娘》这个故事颇曲折复杂，可以改编成一个很好的电影或电视剧剧本。冯生是这个故事的男主角，此人爱喝酒又为人轻脱，不够稳重。有一天早晨，冯生路遇一个漂亮的红衣少女，带着一个小奚奴，“蹑露奔波，履袜沾濡”，不由心生爱意，但是对方行色匆匆，未及搭讪。

傍晚冯生骑驴醉归，看到路边破庙里走出一个少女，定睛一瞧，恰是早晨偶遇的红衣丽人，对方看到冯生，旋即转身回走。冯生立刻把驴子拴在门外，进庙一探究竟。进得寺庙一看，“断垣零落，阶上细草如毯”，看起来已荒废很久，冯生正犹豫间，一个衣帽整洁、头发花白的老叟走出来问：“客何来？”冯生回答：“偶过古刹，欲一瞻仰。”又反问：“翁何至此？”老叟说：“老夫流寓无所，暂借此安顿细小。既承宠降，山茶可以当酒。”

于是，冯生就跟着老叟来到了后院。与殿前的荒芜不同，后院干净整洁，房间里陈设雅致且香气袭人。二人坐下来互相介绍，老叟自言姓辛。冯生本就喝醉了，借酒蒙脸问：“听说您家有女儿待字闺中，您看我做您的女婿行不行？”辛叟笑曰：“请容我跟老伴商量一下。”冯生于是要来一支笔写了一首诗：“千金觅玉杵，殷勤手自将。云英如有意，亲为捣元霜。”

看来古人求爱的时候都喜欢用裴航与云英的典故，之前在《瑞云》的评论中介绍过这个典故，此不赘言，总之这首诗就是表达爱慕之情。辛叟看了这首诗，笑付左右，并不表态。冯生等了一会儿，终于忍不住了，向辛叟求个痛快话。辛叟说：“我有十九个女儿，出嫁了十二个，女儿们的婚事都由她们母亲做主，我不参与。”难怪他们家里香喷喷的，原来有十九个女儿！即使嫁出去十二个，还有七个，脂粉气自然浓郁一些。

冯生说：“我想娶今天早晨带着小奚奴带露而行的那一位。”

辛叟听了也不接话茬儿，二人相对默然，空气突然凝固，这就有些尴尬了。在这沉默之中，内室嘤嘤腻语显得格外清晰。冯生这个人本就生性轻脱，又在醉酒中，只见他突然起身，一把掀开帘子说："伉俪既不可得，当一见颜色，以消吾憾。"这一下来得太突然，吓得帘内人花容失色，惊得辛叟勃然大怒，即刻命人把冯生这个狂徒给叉了出去。

外面夜色茫茫，伸手不见五指，冯生的酒劲也上来了，跨驴踉跄而行，只听得周围狼奔鸱叫，吓得人寒毛倒竖，踟蹰四顾，不知身在何处，亦不知该往何方，遥望苍林之中有灯火明灭，心想此处或为村落，于是驱驴前往。

走近一瞧，果然有一户人家，看起来还像是高门大户，冯生"咚咚"一阵敲门，以求留宿。经门人通报之后，进得门来，只见这家人室内华好，堂上张着灯火。过了一会儿，几个青衣人扶出一位老太太，说："郡君来了。"这个"郡君"可不是一般人都能有的称号，唐代封四品官之妻为郡君，明代只有皇室女子才能称郡君，而清代郡君则是贝勒之女和亲王侧福晋之女的专称。因此，冯生一听是郡君来了，立刻起身，肃身欲拜。郡君命他坐了说："你是不是冯云子的孙子？"冯生答是。郡君说："那你就是我外甥的儿子。"好吧，天上掉下个舅奶奶，虽然冯生也搞不清楚状况，怎么就凭空多出来一个亲戚？但毕竟暗夜投宿，有人认亲总比被赶出去强。

郡君又问："甥孙为何深夜来此？"冯生可逮着人倾诉了，就把之前发生的事一股脑儿倒了出来。老太太一听，笑曰："此大好事。况甥名士，殊不玷于姻娅，野狐精何得强自高？甥勿虑，我能为若致之。"然后就问左右："我不知辛家女儿，遂如此端好。"青衣人说："渠有十九女，都翩翩有风格，不知官人所聘行几？"冯生回答："年约十五余。"青衣人说："此是十四娘。三月间，曾从阿母寿郡君，何忘却？"郡君笑着说："是非刻莲瓣为高履，实以香屑，蒙纱而步者乎？"青衣人回答正是这一位，郡君于是评价道："此婢大会作意，弄媚巧。然果窈窕，阿甥赏鉴不谬。"

这个故事铺垫了这么多，终于引出了女主角——辛十四娘，并侧面交代了她的身世、年龄和特点。冯生眼里的十四娘是一个十五岁的少女，容颜娟秀，着一袭红衣；郡君和婢女等人眼中的十四娘是一只年轻的狐狸精，很会展示自己的女性美，她在鞋底刻莲花瓣，填上香料，脸上蒙着轻纱，走起路来摇曳多姿，步步生莲，亦步步生香，妩媚有情致。总之，虽然十四娘尚未发一言，但其独特风姿已被一点点描摹出来。

老太太评价十四娘是"大会作意，弄媚巧"，颇有一些贬义。关于什么样的女人才算是美女，环肥燕瘦，历来众说纷纭。不过我们在日常生活中总能见到这样一种女性，她们的美不在于五官的精致，也非身材的完美，而是美在气韵和风姿，一举手、一投足皆有别致的韵味。可以说，她美得不具体，美得很抽象。

这种抽象的美，明代美女鉴定专家李渔称之为“媚态”，并在《闲情偶寄·声容部》里提出“媚态”之于女性美的重要性：“态之为物，不特能使美者愈美，艳者愈艳，且能使老者少而媸者妍，无情之事变为有情，使人暗受笼络而不觉者，女子一有媚态，三四分姿色，便可抵过六七分。”

但“媚态”到底是什么样呢？“媚态之在人身，犹火之有焰，灯之有光，珠贝金银之有宝色，是无形之物，非有形之物也。”大约“媚态”之于女性，就像“意境”之于诗歌，只可意会，不可言传，如果非要找个案例，辛十四娘的“媚巧”可作参考。

这样一个美丽的少女，难怪被冯生一眼相中，连郡君也夸他眼光好。于是，郡君就命人去请十四娘。没过一会儿，十四娘就到了。郡君说：“我叫你来不为别的，想给我的甥孙做媒，把你嫁给他。”十四娘害羞地说要回家禀告父母，绝不肯草率行之。郡君就拔下十四娘头上一朵金花交给冯生，算是定了这桩婚事。

待雄鸡唱晓，郡君派人送冯生出门，没走几步，他一回头，只见村舍尽失，唯有松林荒冢而已。这时冯生突然想起此处是薛尚书的坟墓，薛尚书是其祖母的弟弟，那么郡君必是尚书夫人，所以称其为甥孙，于是心里明白这是遇到鬼了。

知道郡君是鬼、十四娘是狐狸精，冯生倒也不害怕，心想“若得丽人，狐亦自佳”。一天半夜，十四娘果然坐着花轿来了，别无妆奁，唯有两个仆人抬着一个大扑满放在角落里。冯生问她：“一死鬼，卿家何帖服之甚？”十四娘答曰：“薛尚书今作五都巡环使，数百里鬼狐皆备扈从。”冯生第二天就去祭祀了薛尚书的墓，以示对媒人的谢意。

看到这里，大家有没有觉得这个故事有些眼熟？文学史上有一首著名的汉乐府民歌《陌上桑》，描写了一个名叫罗敷的漂亮女子，她漂亮到什么程度呢？作者说：“行者见罗敷，下担捋髭须。少年见罗敷，脱帽着帩头。耕者忘其犁，锄者忘其锄。来归相怨怒，但坐观罗敷。”因为忙着看罗敷，大家伙儿都耽误了手头的工作，可见她有多么美！这时“使君从南来”，问罗敷“宁可共载不”？罗敷说：“使君一何愚！使君自有妇，罗敷自有夫。”然后罗敷就夸赞了一番自己的丈夫，拒绝了使君。

同样是漂亮出众的女孩子，罗敷拒绝了使君权势的利诱，辛十四娘却乖乖地嫁给了冯生。虽然冯生喜欢十四娘，可是小说里并未说明冯生有什么显而易见的优点，冯生既无潘安之貌，也乏宋玉之才，辛叟不同意将女儿嫁给他，十四娘本人也未表现出对他的青睐。但冯生最终还是娶到了心仪的姑娘，不是由于姑娘与

没想到，第二天楚公子亲自登门问冯生负约之罪，并献上自己的大作，用满怀期待的目光看着冯生。冯生这个人本就轻狂，也没什么城府，一看公子大作，心想这什么玩意儿啊，就不假思索地嘲笑了一番，公子的笑容瞬间凝固在脸上，两人不欢而散。

回头冯生还把这事当笑话讲给媳妇听，只见十四娘面色惨然，说：“公子豺狼，不可狎也！子不听吾言，将及于难！”冯生一笑而过，也没当回事儿。后来再与楚公子见面，两人互相吹捧，仿佛什么事也没发生过。

恰逢岁试，楚公子考了第一名，冯生屈居第二。这下公子可扬眉吐气、沾沾自喜了，赶紧派人邀冯生去他家喝酒。冯生推辞不过，只得去了。待到冯府才知道，原来这天是公子生日，满堂宾客，好不热闹。楚公子刚刚考了第一，又逢过生日，搞个派对庆祝一下，也顺便把自己的高分试卷拿出来炫耀一番。宾客们很识趣，纷纷好评。

不过就像有人发朋友圈是为了给一个人看，想要的只是那一个人的点赞和评论，楚公子大宴宾客、炫耀成绩，最关注的也是冯生的反应。他在接受了众人的赞扬之后，突然对冯生说：“谚云：‘场中莫论文。’此言今知其谬。小生所以忝出君上者，以起处数语，略高一筹耳。”所谓“场中莫论文”意思是考试这事有时候靠的是运气，未必能反映一个人的真实水平。但楚公子大言不惭，说自己还真就不是靠运气，靠的是实力，是因为技高一筹才把冯生比下去的。一般人在这种场合说两句漂亮话敷衍一下就过去了，宾主尽欢，何乐不为？

但冯生乘着醉意，大笑曰："君到于今，尚以为文章至是耶！"哎哟喂！您以为这就算好文章了吗？这才哪儿到哪儿呀！您还真是没见过世面！冯生成功地做了这个欢乐祥和生日派对的终结者，宾客们面面相觑，不知如何打圆场。公子的脸色可想而知。

冯生回家醒酒之后非常后悔，心想这可把楚公子得罪大了，赶紧把事情经过告诉了媳妇。十四娘很不高兴，说："君诚乡曲之儇子也！轻薄之态，施之君子，则丧吾德；施之小人，则杀吾身。君祸不远矣！我不忍见君流落，请从此辞。"你可真是狗肉上不了席，烂泥扶不上墙，媳妇我不忍心看你遭难，我也告辞啦。冯生也知道闯祸了，涕泗俱下，恳请媳妇帮帮自己。十四娘说："想让我留下也行，从现在开始，闭门绝交游，戒浪饮。"冯生就答应了。从此，夫妇二人关起门来过日子。

十四娘不仅对丈夫管得严，对自己也比较狠，天天在家纺纱织布，攒点钱就投到陪嫁的大扑满里，成为勤俭持家的好媳妇。偶尔回趟娘家，也是当天往返，从不在娘家过夜，有人来拜访，只打发仆人谢客。这还是那个会"弄媚巧"、走起路来步步生莲的红衣少女吗？在十四娘的监管下，冯生闭关了一段时间，消停了好一阵子。

一天，楚公子又命人送信来，十四娘悄悄把信烧掉，不让冯生知道。不料，第二天冯生去参加一个追悼会，在丧者之家遇到了楚公子，对方极力相邀，软磨硬泡又把冯生请到了自己家里。到了楚家，公子吩咐下人们摆上美酒美食，又让家姬弹筝为乐。冯生被媳妇关了这么久，忽然有了玩乐的机会，就把媳妇的话抛到了九霄云外，只喝得酩酊大醉，不省人事。

原来，楚公子之妻阮氏非常悍妒，前一天刚打死了一个婢女。楚公子早就对冯生怀恨在心，天天琢磨怎么报仇，一看老婆打死了婢女，心想机会终于来了。乘着冯生大醉，把婢女的尸体扛在冯生床上，关门而去。

冯生半夜酒醒，一起身就被绊倒了，弯腰一摸像是个人，还以为是公子遣来服侍的小厮，就踢了几脚想叫醒他，可这人一动不动。冯生吓得大叫着跑出门去，把冯家仆人都吵起来了，大家点上灯火一看，婢女的尸体赫然在目。这下冯生真是百口莫辩，就被公子冠上逼奸杀婢的罪名，执送官府。

俗话说："病从口入，祸从口出。"这个冯生就是典型的因言致祸，该说的不该说的统统倒出来。有人说，这叫直爽，说明心无城府，现在人们说这不叫直爽，这叫情商低。那么，问题来了：如果我们身边的人有明显的缺点和不足，要不要指出来呢?

辛十四娘对于这个问题有自己的看法，首先，她认为交友要有选择，从第一次见楚公子，她就判定此人不是一个心胸宽广、忠厚正直之人，所以规劝丈夫远离此人；其次，她提醒丈夫谨言慎行，说话做事要三思，因为“轻薄之态，施之君子，则丧吾德；施之小人，则杀吾身”，过于随便的轻薄之语，对君子说有损于自己的德行，对小人言则会招致灾难。

总结下来，十四娘的观点颇符合孔夫子的思想：“君子不重则不威，学则不固。主忠信，无友不如己者，过则勿惮改。”君子要端庄持重，否则就没有威严，交友要做到“无友不如己者”。关于“不如己”有两种解释，一是说不如自己，另一个解释为不类似自己，即非同道中人。我倾向于第二种解释，也就是说交朋友要交志同道合者、投脾气者。

冯生这人生性轻脱，此为“不重”；交友不慎，此为“不如己”，所以十四娘说他是“乡曲之儇子”，是一个见识浅薄的轻薄子弟，算不得君子。不过，虽然冯生既没听夫子的话，也没听媳妇的话，但他运气很好，娶了一个好媳妇，在他一步一步奔向火坑的过程中，媳妇一直使劲拦着拽着，虽然最后没拦住，眼睁睁看着他跳下去被烧疼了，媳妇又想办法把他从火坑里给救了出来。

这个故事实在是又长又曲折，这一篇先讲到这里，欲知十四娘如何救丈夫出火坑，请听下回分解。

《辛十四娘》(三)：你们人类的世界太复杂，拜拜！

上一篇讲到冯生不听十四娘的劝诫，一步步得罪了楚公子，最终被构陷进了监狱。事发第二天，十四娘才知道事情原委，不禁潸然泪下："早知今日矣！"

不管怎样恨铁不成钢，人还是要救的。十四娘先是给监牢里的冯生送钱，又劝他认罪，免去皮肉之苦。但这只是权宜之计，暂且让丈夫少挨揍，要想保住脑袋，还得另想辄。十四娘做事倒也有章法，先是打发自己的贴身狐婢出远门，至于去了哪里，谁也不知道；过了些时日，又托媒人买了一个名叫禄儿的良家女子，在家好吃好喝招待着。

这边厢十四娘暗中筹谋，那边厢由于冯生认了误杀之罪，就要被执行死刑。仆人带回这个消息，恸哭不能成声，十四娘却面色坦然，不为所动。

眼看着行刑的日子就要到了，十四娘马不停蹄地在外奔波，寝食难安，也不知忙的什么。终于，出远门的婢女回来了，十四娘跟她密谈了一番，出来后露出了久违的笑容。

第二天，仆人到监牢去探望冯生，冯生托他带话给媳妇，希望见她最后一面。仆人将这个消息带给十四娘，她却没啥反应，也没表现出丝毫的难过。家人私底下纷纷议论：这个女人太狠心了。不料，满大街忽然传言：楚公子之父楚银台被革职，平阳观察奉特旨来查办冯生的案子。仆人听说后赶紧把这个好消息告诉主母，十四娘也很高兴，连忙去探视丈夫，此时冯生已经出狱，两人相见，悲喜交加。楚公子很快被捉拿审问，真相大白，冯生立刻得以释放归家。

回家之后，夫妻相对，泫然流涕，悲喜交集。冯生始终不明白自己的案件是怎么峰回路转的，十四娘指着婢女笑曰："此君之功臣也。"原来，十四娘派遣婢女赴国都，欲前往皇宫告御状为冯生鸣冤。但是宫中有神明守护，她一个狐狸精徘徊了好几个月都不得其门而入。婢女恐怕耽误大事，正要回家再想办法，忽闻皇帝要去大同。于是，十四娘的婢女就扮成妓女也来到了大同。

皇帝来到妓院，非常宠幸这个婢女，观其言行，猜她并非风尘中人，于是她趁机自述为冯生之女，父亲因冤入狱，不得已把自己卖到妓院。皇帝一听，怜惜之心顿生，不仅赐金百两，还细细问了事情始末，记下了冯生的名字。后面的事情就不言而喻了。这就是楚银台被查、冯生得以释放的原因！冯生听后，真是“泪飞顿作倾盆雨”，唏嘘不已，感慨万千。

没过多久，十四娘突然对冯生说：“妾不为情缘，何处得烦恼？君被逮时，妾奔走戚眷间，并无一人代一谋者。尔时酸衷，诚不可以告愬。今视尘俗益厌苦。我已为君蓄良偶，可从此别。”十四娘虽为狐狸精，经过冯生遇难一事，亦饱尝人间世态炎凉之苦，更觉人间无可留恋。

冯生听了这话，自然不愿、不忍、不舍，泣伏不起。十四娘就打发禄儿服侍冯生就寝，冯生拒而不纳。第二天早起，但见曾经美丽的十四娘容光顿减，过了一个月，迅速衰老，再过半年，黯黑如村妪。

大约十四娘知道汉代李夫人的故事，“一顾倾人城，再顾倾人国”的李夫人临终之时坚决不肯让汉武帝看到她形容憔悴的脸，为的是给他留下一个美好的念想。十四娘反其道而行之，想以容颜日减断了冯生的爱慕之情。没想到冯生虽然曾经年少轻狂，倒也是条重情重义的汉子，对十四娘始终爱敬有加，感情无半分衰减。

十四娘又说：“你已经有了禄儿这样的美人儿，何必再要我这样的丑妇？”冯生哀泣如前。一看这招不管用，过了一个多月，十四娘又得了暴病，水米不进，卧病在床。冯生侍奉汤药如同侍奉父母，尽心尽力，没有丝毫懈怠。最终，十四娘还是撒手人寰。冯生悲痛欲绝，厚葬了十四娘。

十四娘去世后，冯生以禄儿为继室，生了一个儿子，可他的科举之路始终不顺，家里的经济日益窘迫。夫妻两个正相对发愁的时候，忽地想起十四娘留下了一个大扑满，她生前常常把钱存在里面。夫妇俩找到这个扑满，扑而碎之，金钱溢出，从此家计丰盈。后来，冯家的仆人在华山偶遇十四娘，十四娘问：“冯郎安否？”又说：“致意主人，我已名列仙籍矣。”说完就消失了。

这个故事到此就结束了。少女时代的十四娘，心思奇巧，着红衣高履，走路步步生莲，美得生动；嫁做人妇的十四娘，睿智能识人，勤俭能持家，是典型的贤妻；丈夫遇难后的十四娘，多方筹谋，既让丈夫免去皮肉之苦，又成功地救丈夫出囹圄；救出丈夫的十四娘，事了拂衣去，深藏功与名；去世后的十四娘，不仅给冯生物色了合适的妻子，还给他们留下一笔丰厚的遗产。这样的老婆，集美丽、贤惠、睿智、豁达于一身，简直完美。所以她后来名列仙籍，正应了那句话：此女只应天上有，人间能得几回闻？

冯生虽然优点不明显，但他并没有因为十四娘是异类而害怕或鄙视，被十四娘救出监牢之后，更视其为再生父母，即使她迅速变得老、丑、病，也一如既往地不离不弃，倒也体现了我们人类难得的高贵品质，算是为人类扳回一局。

不过，经历了人类世界的构陷与凉薄，十四娘还是决定退出这个游戏，虽然鬼狐的世界也不容易，但比较一下，你们人类世界的游戏确实更复杂、更不好玩，拜拜！好吧，十四娘毕竟还有的选，我们人类真是没得选。就像李宗盛唱的：“你我皆凡人，生在人世间。终日奔波苦，一刻不得闲。既然不是仙，难免有杂念。”

《王桂庵》：爱情如薄胎瓷，请小心轻放

辛十四娘遇到冯生这样生性轻脱的男子，不仅要经常实施教育规劝，还得帮他摆平惹出的祸端，看起来不像嫁了个丈夫，倒像养了个孩子，所以她最后受不了就走了。男人举止轻浮、不稳重，有的时候不仅害自己，还会害别人，比如这个叫王桂庵的男子，同样令人唏嘘。

其实《王桂庵》的前半段讲的是一个美好的爱情故事，男主角王桂庵的痴情不亚于孙子楚和王子服。《诗经·关雎》有言："窈窕淑女，寤寐求之。求之不得，寤寐思服。悠哉悠哉，辗转反侧。"描写的就是一个男子喜欢上一个女孩，朝思暮想，求之不得，《王桂庵》类似于《关雎》的扩展版。

王桂庵出身于大名府世家，是一个富贵公子。有一天，他去南方游玩，泊舟江岸，看到邻船有一个船家女在绣鞋，风姿韶绝。王桂庵就盯着人家看了很久，看到对方似乎一点儿都没察觉，他就装模作样地吟了一句诗："洛阳女儿对门居。"他声音很大，好让女孩听到。

"洛阳女儿对门居"是王维《洛阳女儿行》里的一句："洛阳女儿对门居，才可颜容十五余。"这首诗一共二十句，前十八句都是写洛阳女儿嫁入豪门后的奢华生活，最后两句突然转折："谁怜越女颜如玉，贫贱江头自浣纱。"整首诗有对洛阳女儿嫁入豪门、麻雀变凤凰的描写，又有替贫贱浣纱女发出的愤愤不平之意。

王桂庵此时念出这句诗，不知是以船家女比作浣纱女而为之惋惜，还是以洛阳女儿为例诱惑她，但见对方"略举首一斜瞬之，俯首绣如故"。对方的反应让王桂庵觉得有戏，他扔了一锭金子过去，恰好落在女孩衣服上，却被她淡定地拿起扔在一边。王桂庵一看这招不行，就捡起金锭，又扔出去一支金钏。

这时，女孩的父亲也就是船夫回来了。王桂庵怕船夫看到金钏，正着急，发现女孩从容地把金钏踩在脚底下。船夫解缆，父女俩就随着船走了。可想而知王桂庵当时的心情，作者描写他"心情丧惘，痴坐凝思"，他的心也跟着女孩一起走了。

此时王桂庵刚刚丧偶，很后悔没有当即定下婚约，从此就开启了寻找梦中情人的漫漫长路。他先是四处打听那父女俩的信息，不幸没人知晓；又乘船去追，也不知所往；再沿着江边细细寻访，亦不得。回到家后，日思夜想，思念不已。一般人到此也就算了，就当是一段美丽的邂逅，有缘无分，认命吧。

但王桂庵非常执着，一年后，他又来到南方，天天沿江寻访、细数行舟，却依然没有半点儿女孩的音讯。就这样找了半年之久，带来的钱花光了，只好再次打道回府。回家之后，行思坐想，辗转难眠。

所谓“日有所思，夜有所梦”，一天晚上，王桂庵做了一个梦。他梦见自己来到一个江边小村庄，走进一所院落，院子里一株马缨花开得正好，“北舍三楹，双扉阖焉。南有小舍，红蕉蔽窗”，探身一看，原来是女子闺阁。桂庵正要退出，里面的人走了出来，“粉黛微呈，则舟中人也”。所谓“众里寻他千百度，蓦然回首，那人却在灯火阑珊处”，桂庵刚想跟对方亲近，女孩的父亲回来了，于是这个美梦就醒了。醒来之后，梦中之事物历历在目。作者写道：“秘之，恐与人言，破此佳梦。”这句话将恋爱中人的情态描摹得真实又细腻。谈过恋爱的人都知道，与心仪之人相会于梦中，即使梦醒亦不敢与人言，怕说出去就破了梦中佳兆，遂偷偷守着一个甜蜜的小秘密，舍不得与人分享。

时光匆匆，又过了一年，王桂庵再次来到镇江。一天，他在赴宴途中误入一个村庄，道路景象，似曾相识。路边一家门内有一株盛开的马缨花，一年前梦中的景物宛然，于是他直奔南舍，舟中人果在其中。寻寻觅觅两三个年头，朝思暮想上千个日夜，梦中人终于在眼前！心头一定是小鹿乱撞，情绪必然是激动万分，幸福来得太突然，甚至让人怀疑是不是又做了一个梦。后来几经周折，王桂庵终于成功地娶到了这个女孩，她的名字叫孟芸娘。

王桂庵对芸娘从一见钟情到心想事成，其间颇经历了一番辗转反侧、寤寐思服，虽然没有失魂落魄、死去活来，为了心上人也称得上坚忍执着、锲而不舍。本来这是一段佳话，没想到婚后三天，新婚夫妇辞岳北归，夜宿舟中，闲话当年。王桂庵大概闲得无聊，逗新娘说："离家越来越近了，我实话跟你说吧，其实我家里有妻室，娶的是吴尚书的女儿。"芸娘不信，王桂庵就故意夸大其词证实自己的玩笑话。只见芸娘"色变，默移时，遽起，奔出"，桂庵鞋都来不及穿，赶忙去追，只听"扑通"一声，芸娘已跳入江中。桂庵大声呼叫，"诸船惊闹，夜色昏濛，惟有满江星点而已"。

故事讲到这里，估计出乎所有人的意料。那么艰难才得来的爱人，王桂庵怎么会开这种玩笑？我倒觉得这恰恰写得很真实，符合逻辑。

芸娘家境清贫，父亲为人耿介，家教十分严格。而王桂庵是大家公子，难免带有公子哥儿的轻浮。两人虽情投意合，但出身不同，阶层有别，一个严肃认真，一个轻佻浮夸。就像《金粉世家》里的冷清秋和金燕西，清秋家境贫寒，对待感情认真而敏感，燕西是富家公子，有着公子哥儿的玩世不恭。金燕西为了追求冷清秋可谓煞费苦心，对她的感情也不容置疑，可二人依然没有白头偕老。

这个故事还有后续。又过了一年多，桂庵偶然到一家民舍避雨，看到一位老太太在哄孩子。小孩见到王桂庵进来，就扑到他怀里求抱抱。桂庵觉得很奇怪，但看到这个孩子生得可爱，就把他揽在膝头逗弄一番。雨停之后，桂庵把孩子交给老太太，正准备走，只听孩子大哭："阿爹去矣！"老太太很尴尬，赶紧把孩子抱走。忽然有一个丽人自屏风后出来，正是芸娘。原来芸娘投江之后被一对老夫妇救起，恰好二人无子，就认了芸娘为女儿。十个月后，芸娘生下一个儿子，取名"寄生"，桂庵避雨其家这天，寄生恰好满周岁。

《王桂庵》这个故事字数不算太多，可是时间跨度大，故事颇曲折，读来也令人感到些许沉重。"问世间情为何物，直教人生死相许"，桂庵对芸娘的追求可谓真挚执着，芸娘的愤而投

注意 CAUTION
易碎品

江，也是对爱情的极度失望。人海茫茫，并不是每个人都有足够的运气遇到真爱。爱情又是个如此娇贵而脆弱的东西，像是薄胎瓷，那么美丽，也那样脆弱。如果给“爱情”这个东西打个包装盒，外面必得印上“易碎品，小心轻放”。拥有的人，请务必珍惜。

《雷曹》：这故事里有一个完美的男人

从颜氏的丈夫、嘉平公子，到《画皮》中的王生、《辛十四娘》中的冯生以及王桂庵，这些书生们，要么腹内草莽，要么怯懦贪色，要么轻佻浮夸，总之就是缺点一大堆，读者不禁要问：难道《聊斋志异》里就没有一个完美的书生吗？我可以负责任地回答：完美的书生虽然很少，但的确是有的，不信来看看《雷曹》中的乐云鹤。

《雷曹》的故事结构可谓“花开两朵，各表一枝”，它有两条线索，一条线索是乐云鹤与夏平子之间的故事，另一条线索是乐云鹤与雷曹，也就是雷神之间的故事，而且这两条线索最后还有交集。

乐云鹤与夏平子是从小一起长大的好朋友，堪称莫逆之交。但是夏平子去世得早，家里穷得连丧葬费都出不起。乐云鹤出钱安葬了夏平子，并抚养夏的遗腹子和未亡人，自己有一个馒头，也要掰一半给夏家母子，让他们得以生活下去。

乐云鹤本来也没多少钱，现在又要养两个家庭，日子就更难过了。他感叹道："文如平子，尚碌碌以殁，而况于我！人生富贵须及时，戚戚终岁，恐先狗马填沟壑，负此生矣，不如早自图也。"有才华如夏平子者都贫病而死，碌碌无为，何况自己的学习成绩还不如夏平子好。发财要趁早，一不做二不休，乐云鹤就"去读而贾"，下海经商了。他还算幸运，日子逐渐富裕起来。当年班超投笔从戎是被穷给闹的，乐云鹤投笔从商的原因也一样。

作者写到这里，宕开一笔，把夏平子家的事情暂且搁在一边，转而叙述另一个故事。

有一天，乐云鹤去金陵出差，在旅舍休息吃饭时看到一个身材高大、筋骨隆起的人，坐在一旁愁眉苦脸。乐云鹤就问他："你想吃点什么吗？"这人也不理他。云鹤就把自己的食物让给他吃，那人也不客气，顷刻吃光，再加餐，再吃光，又让店家上来肘子馒头，又是一阵风卷残云。吃掉好几人份的食物之后，那人终于拍着肚皮说："三年以来，从没像今天这样饱过。"乐云鹤问："你看起来也是一个壮士，怎么沦落至此？"那人回答："有罪受到上天责罚，不能说。”云鹤准备就此作别，不料那人非要跟着，并说：“君有大难，吾不忍忘一饭之德。”

果然，乐云鹤渡江过程中遇到风涛暴作，翻了船，连人带货物全都掉到江里，幸亏随行的这个人救了他的命，又帮他打捞货物。这样，这人就成了乐云鹤的救命恩人，以他的性格，必然把这人请到家里好生款待。

一天，这个人要道别，乐云鹤坚持挽留，恰好看到天阴欲雨，并听到了雷声。乐说：“云间不知何状？雷又是何物？安得至天上视之，此疑乃可解。”那个人听了笑道：“君欲作云中游耶？”过了一会儿，乐云鹤就睡着了，睡梦中觉得身子飘了起来，睁开眼一看，已身在云中，仰视星斗，就在眉目间。这里，作者用浪漫主义的手法描述了“手可摘星辰”的情形。

“细视星箝天上，如老莲实之在蓬也，大者如瓮，次如瓿，小如盎盂。以手撼之，大者坚不可动；小星动摇，似可摘而下者。”这一段关于星星的描写实在可爱，很有动漫的既视感。星星嵌在夜空中，像莲蓬里的莲子，有大有小，以锅碗瓢盆形容其大小非常生活化，用手晃一晃，大的纹丝不动，小的摇摇欲坠像是能摘下来。这位乐云鹤也很可爱，他就偷偷摘了一颗星，藏在袖子里。

但凡入诗的天体，太阳一般是没人敢摘的，月亮一般也不敢动，顶多“欲上青天揽明月”，只在想象中抱一抱就行了，但星星不一样，诗人们但凡站得高了一点儿，都想摘颗星星玩一玩。自李白写“危楼高百尺，手可摘星辰”之后，宋代很多人就效仿李白，什么“俯观大象欲堕地，仰摘星辰几可掬”（袁说友），什么“昼可骑虹夜摘星，山根万瓦碧磷磷”（曾极），还有“我欲摘星斗，悬崖那可扪”（张显），“山峭石台平，天低可摘星”（赵希迈）。

话说这乐云鹤摘了星之后，就看到两条龙驾着车过来了，车上载有贮满水的容器，有几十个人正在舀水遍洒云间。那位壮士让乐云鹤也洒点，云鹤扒开层云看了看，约莫着是自己的家乡，就舀水倾注下去。那人就对乐云鹤说：“实不相瞒，我就是雷曹，因为之前耽误了行雨，被罚贬谪人间三年，现在期限已满，就此作别。”然后扔了一根绳子，让乐云鹤顺着绳子回到了人间。当时此地大旱很久，十里之外只下了一点雨，只有乐云鹤的家乡下得沟渠皆满。

故事讲到这里，大家会疑惑，这个故事写了两条线，开头的夏平子呢？不慌，两条故事线索在结尾合为一体。

乐云鹤回到家后摸摸袖子，那颗星星还在。它只是一块普通的石头，可是到了夜里就会光芒璀璨、映照四壁。一天晚上，乐云鹤的妻子对着这颗星星梳头，忽然看到星星渐渐缩小如萤火虫一般飞来飞去，乐妻正惊叹，这颗星星就跑到了她嘴里，并被咽到了肚子里。

完美的男人
荣誉证书

晚上，乐云鹤梦到夏平子说：“我是少微星，你对我的恩情永难忘记。又蒙你自天上把我带回来，确实有缘，我就给你做儿子吧，报答你的大恩大德。”乐云鹤本来年过三十而无子，后来他妻子果然怀孕，生了一个儿子，生产时光耀满室，取名“星儿”。这个孩子非常聪明，十六岁就及进士第。

这篇文章虽名为《雷曹》，其实男一号不是雷曹，而是乐云鹤。乐云鹤对朋友夏平子重情重义，有担当；对萍水相逢的陌生人雷曹慷慨施饭，很仗义；为了养家糊口，毅然抛下举业，投笔从商，有魄力；遇到问题解决问题，既不坐以待毙，也不拖泥带水，想做就做，做生意颇有所成，又体现了做事的能力。

除此之外，乐云鹤还有浪漫可爱的一面，他听到打雷就想到天上看一看，真见到了星星，又要摸一摸、摇一摇，趁人不注意，还偷偷拿了一颗藏在袖子里，看到龙车过来，又扒开云彩给自己的家乡使劲浇了浇水，这些举动颇有孩童的天真烂漫。

什么样的男人是完美的？在我看来，既不是富可敌国，也不是貌比潘安，而是像乐云鹤这样重情义，有担当，有魄力，有能力，善良正直、慷慨大方，并且还带有一点儿可爱的孩子气的人，简直就是完美男人的典范。

《小翠》：一个小狐狸报恩的伤感故事

曾经大热的电视剧《三生三世十里桃花》里有一只报恩的小狐狸白凤九，它自从被东华帝君救了命就痴迷于他而不能自拔，遂以报恩为名，放下青丘帝姬的身份，甘心去做一名婢女，其用情之深在姑姑白浅之上。《聊斋志异》里也有这样一只有情有义报恩的小狐狸，就是小翠，不过与白凤九不同的是，小翠是替母报恩。

当年小翠的母亲为了躲避雷霆劫，逃到了幼年的王太常身边，才得以安然无恙。王太常长大后娶妻，生了个儿子名叫元丰，元丰因天生痴呆而娶不到媳妇，颇令父母忧愁。有一天，一个妇人领着一个女孩登门拜访，说自己家贫无力抚养女儿小翠，就将小翠送与元丰做媳妇。

这个叫小翠的女孩芳龄十六岁，“嫣然展笑，真仙品也”，不仅人生得美，而且聪慧，脾气性格温柔，还像婴宁一样爱笑。面对痴呆的元丰，她“欢笑不为嫌”，耐心陪着他玩耍，即使受到公婆的误解和苛责，也不以为意，依然含笑应答。

小翠不仅人美又温和，还为王家办了不少大事，她一边治好了元丰的痴呆症，让他成为一个健康的正常人，一边暗中帮助王太常躲过政敌的陷害，保其仕途一片坦荡。按说这样一个方方面面堪称完美的儿媳妇，公公婆婆还不得捧在手心里供着？但现实并非如此。

一天，小翠失手打碎了一个瓶子，正赶上公婆心情不好，就遭到他们“交口呵骂”，在此之前，这种责骂已属家常便饭。这一次，小翠忍无可忍，对元丰说：“我在汝家，所保全者不止一瓶，何遂不少存面目？实与君言：我非人也。以母遭雷霆之劫，深受而翁庇翼；又以我两人有五年夙分，故以我来报曩恩、了夙愿耳。身受唾骂，擢发不足以数，所以不即行者，五年之爱未盈。今何可以暂止乎！”然后，小翠就愤然离去。

自此之后，元丰“睹其剩粉遗钩，恸哭欲死；寝食不甘，日就羸瘁。公大忧，急为胶续以解之，而公子不乐。惟求良工画小翠像，日夜浇祷其下”。两年之后，元丰偶然又遇到小翠，苦苦挽留，小翠答应继续跟他在一起，容貌却渐渐变成另一个女人的样子。她还烧掉自己往昔的画像，以不能生育为由，劝说元丰另娶钟氏女。待新人进门，元丰发现新人与小翠后来变化的样子一模一样，原来小翠“先化其貌，以慰他日之思”。从此，小翠就真的消失了。

同样是爱笑的小狐狸，婴宁天真烂漫，娇憨无比，《婴宁》这个故事也很轻松；而小翠背负报恩的重任，面对痴呆的丈夫和苛刻的公婆，一味委曲求全，隐忍不发，《小翠》这个故事就多了一些伤感的味道。

一为小翠伤感。她为王家做了那么多，却仍时常遭到王太常夫妇的呵斥。为什么王公夫妇不把她放在眼里？无非是她到王家时无依无靠，在他们看来，这个媳妇是白送上门的贫家女子，来历不明，社会地位低下，又没有娘家可以依靠，所以就能无所顾忌地训斥呵骂。由此联想到一些门不当户不对的婚姻，灰姑娘嫁给白马王子，做得再多再好，终究难讨公婆的欢心。小翠身为狐仙，怀有超越凡人的能力，尚且不能忍受，何况一个凡人呢？

反过来说，因为小翠是狐仙，她忍受不了，可以拍拍屁股走人。换做凡人，要么被虐，要么被休，哪有资格潇洒地挥挥手？可见古人云“齐大非偶”，都是血泪教训、至理箴言。说到底，还不是人性拜高踩低弱点的体现？就连作者都看不下去了，他评价道：“一狐也，以无心之德，而犹思所报；而身受再造之福者，顾失声于破甑，何其鄙哉！月缺重圆，从容而去，始知仙人之情，亦更深于流俗也！”作者以“鄙”评价王公夫妇，并认为狐仙小翠之情深胜于流俗，所谓“何以人而不如狐乎”？

二为元丰伤感。遇到小翠时的元丰，痴呆不健全，此时小翠是唯一不嫌弃他并耐心陪伴他的人。后来小翠治好了元丰的病，无异于再造之恩。元丰也是知恩图报之人，他跟小翠琴瑟和谐，恩爱非常。可惜好景不长，父母的轻视和责骂气走了小翠，唯剩元丰一人对着小翠的画像相思成灰。

两年之后，小翠再见元丰，惊呼“二年不见，骨瘦一把矣！”可以想见，在王公夫妇、小翠和元丰这四个人中间，小翠的离去，最受伤害的人是元丰。虽然后来小翠又留下，并且体贴地变作他未来妻子钟氏的样子，但钟氏甫一进门，小翠就翩然离去，一去不返。

作为一个狐仙，小翠来去自如，就像《三生三世十里桃花》里的故事一样，她在凡尘的五年，是来报恩，又像是来历劫，劫后可以重生。但对元丰这个凡人来说，这五年是他一生都难以忘怀的五年，曾经的欢笑和悲伤将成为心底最深处的伤口，一辈子都不能愈合，每每想起都会隐隐作痛。

就像马尔克斯说：“过去都是假的，回忆是一条没有归途的路，以往的一切春天都无法复原，即使最狂热最坚贞的爱情，归根结底也不过是一种瞬息即逝的现实，唯有孤独永恒。”如果元丰晚生几百年，读过马尔克斯的这些话，定会引为知己吧。

《胡四娘》：人性就像那冬日残阳里的刀锋

狐仙小翠报恩却伤心而走，她虽为婆家出了很多力，却始终没能得到公婆的尊重和感激，说到底还是歧视她贫寒的出身。如果小翠不是狐仙，没有超能力，她在王家的日子会不会更难过？答案是肯定的，若没有超能力，位卑又贫寒，不仅父母兄弟姐妹不待见，就连家里的婢女也敢公然看不起她，胡四娘的遭遇就把这种拜高踩低的人性弱点反映得更加淋漓尽致。

《胡四娘》这个故事大家或许比较熟悉，曾有一部家喻户晓的越剧电影《五女拜寿》的前半段应改编自《胡四娘》，说是“应”，因为电影中并未出现“根据《聊斋志异》故事改编”的字样，但情节非常相似。

《胡四娘》中男主人公名叫程孝思，剑南人，父母双亡，家中赤贫，给胡银台做文书以糊口。胡公赏识他的才华，认为这个人将来必有成就，就把自己的四女儿嫁给了他。原来这位胡银台有三子四女，亲家都是门当户对的大家，唯有最小的四女儿是庶出，生母早亡，年已及笄而尚未婚配，就把她许配给了程孝思。相比之下，胡家一众儿女亲家中唯有四女儿这一门最不般配，别人也因此笑话胡公，但胡公不仅不以为意，还供养这个四女婿读书。可是家里其他人，包括仆人们都看不起程孝思，不是嘲笑讽刺他，就是故意制造噪音打扰他读书，程生只是默默埋头苦读，毫不理会。

当初胡四娘未嫁之时，曾有一个会算命的人把胡家人相看了一遍，只对四娘说："此真贵人也！"待到四娘嫁给程生，姐妹们都以"贵人"揶揄笑话她，但四娘端重寡言，置若罔闻。既然四娘这样好脾气，渐渐地，连婢女老妈子们也跟着蹬鼻子上脸，笑称四娘为"贵人"。

四娘有个婢女桂儿见到主子被众人嘲笑，十分不平，就说："你们怎么知道我们家郎君将来就做不了贵官？"二娘听了嗤之以鼻："程郎要是能做贵官，我把眼珠子挖了去！"桂儿生气地说："只怕到时你舍不得自己的眼珠呢！"二娘的婢女春香说："二娘要是食言，我就替她挖去我的眼珠！"桂儿更生气了，跟春香击掌为誓："将来定要挖出你们的两双眼珠！"二娘一看这个丫鬟竟然口气这么横，也很生气，立刻给了桂儿一巴掌，桂儿号啕大哭。闹成了这样，胡老夫人听到后，啥也没说，明显是偏袒二娘而轻视四娘。桂儿向四娘告状，四娘不怒亦不言，该干啥干啥。

这一段"挖眼珠"的情节在《五女拜寿》中得到了还原，只不过因贫寒而被瞧不起的是三小姐三春和夫君邹应龙，鸣不平的人是老夫人的婢女翠云，与之打赌"挖眼珠"的是二小姐双桃的婢女夏莲。

这一天恰好赶上胡公过生日，几个女婿都来了，还带来了丰富的寿礼。大儿媳问四娘："你家的寿礼是什么？"二儿媳说："两个肩膀上扛着一张嘴呗。"四娘既不羞也不恼，坦然听着。大家看四娘没反应，说话就更加肆无忌惮。《五女拜寿》的故事大约也是从《胡四娘》中胡公过生日这个情节中获得了灵感，加以演绎铺排，变成了后来的戏曲故事。

胡家唯有胡公的爱妾李氏，也就是三娘的母亲，一直都很尊重四娘，常常关照有加，她对三娘说："四娘内慧外朴，聪明浑而不露，诸婢子皆在包罗中，而不自知。况程郎昼夜攻苦，夫岂久为人下者？汝勿效尤。宜善之，他日好相见也。"所以三娘每次回娘家，都对四娘非常友善。

第二年，胡公去世，程孝思服重孝如子，没去应试。等到居丧期满，四娘为他打点盘缠行李，让他准备赴考，临行嘱咐夫君：“曩久居，所不被呵逐者，徒以有老父在；今万分不可矣！倘能吐气，庶回时尚有家耳。”从故事开头至今，四娘给人的印象一直是沉默寡言的，一下子说了这么多话，可见其心情之沉重，父亲去世，这个家再无人为他们夫妇做主，如果程孝思败北，回来之后连立锥之地都没有，这也算是背水一战了。

偏偏造化弄人，程生考试名落孙山。好在临别之时，李氏和三娘赠送了丰厚的财物，他兜里还有钱，于是奔赴京城，继续奋斗。因为妻族不少人做京官，为了不让他们笑话，程孝思特地改了名字，投奔东海李御史门下做了幕僚。李御史赏识程生的才华，为之纳贡，捐了国子监监生，获得参加乡试的资格，没想到从此连战告捷，直到被授为庶吉士，才把真实身份告诉李御史。李公遂借给程生千两银子，派人回家乡剑南买屋治第。巧的是，胡大郎因父亲去世，手头有些紧，正在出售一套别墅，就被程生买下，然后备下车马去迎接四娘。

由于程孝思擢第后用的是假名字，所以捷报传回胡家，大家一看名字不符，都没当回事儿。恰好此时三郎完婚，姊妹们都在，亲朋齐聚一堂，只有四娘没被邀请。忽然，一人飞奔而入，带来一封寄给四娘的信函。兄弟们拆开信一看，都傻眼了——程生已经高中，遣人前来迎接四娘。这时，宾客们终于想起胡家还有一个四娘，纷纷求见，四娘这才翩然而至。

此时，蒲松龄用了一段非常精彩的描写形容了众人的情态：“申贺者，捉坐者，寒暄者，喧杂满屋。耳有听，听四娘；目有视，视四娘；口有道，道四娘也。”但四娘“凝重如故”。正在大家奉承四娘之际，突然听到有人啼号，只见春香仓皇奔入，脸有血痕，哭着说：“桂儿要挖我的眼珠，要不是我跑得快，差点就被挖了去！”二娘听了大惭，汗粉交下，妆都花了。只见四娘漠然无语，大家也都讪讪地不知说什么好，赶紧散了。

这时，四娘才开始盛装打扮，独拜李夫人和三娘，出门登车而去，大家伙这才知道原来买走胡家别墅的人正是程生。四娘初到别墅，胡夫人及诸位公子皆以婢仆、器具相赠，四娘一个也没收，只留了李夫人赠送的一个婢女。之后，程生安葬了胡公，又帮助胡家人解决各种麻烦事。三娘家渐贫，程生施以援手以报当年之恩，而李夫人没有儿子，程生迎养若母。

《胡四娘》是典型的欲扬先抑、大仇得报型故事，故事里的人憋着一口气，看故事的人也憋着一口气，待到这口气被吐出来，善的有了善报，恶的有了恶报，皆大欢喜。

古代故事和戏曲里的人物往往一刀切，非黑即白，非好即坏，为了矛盾冲突和戏剧高潮的需要，一些情节也被处理得短平快，这样的手法更能突显人性势利、卑劣的一面，就像冬日残阳里的刀锋，冰冷、尖锐，闪着凉透眼眸的寒光。

这个故事有温情的一面吗？比如《胡四娘》这个故事里的李夫人和三娘，她们不是对四娘很好吗？但仔细琢磨一下，李夫人对四娘的好，不是出于善良和正义，而是出于利益的考量，因为她把四娘夫妇当作潜力股，就当是长线投资，为的是“他日好相见”。

《聊斋志异》里写了很多花妖狐魅，这篇《胡四娘》写的都是人，与鬼狐精怪无关，可是细细读来，却是最让人感到寒冷的一篇，还不如那些鬼怪来的温暖。故事里的胡四娘是个“贵人”，所谓贵人，大约就贵在洞悉了人性，失意泰然，得意淡然，不悲不喜，不忧不惧。但细想一想，这样没有温度的“贵气”也挺悲凉的。

《镜听》：父母的爱也未必是无私的

上一篇分析了《胡四娘》这个故事，大家知道亲兄弟姊妹之间也因贵贱而被区别对待，《聊斋志异》里这样的故事写了不止一个，还有一个类似的短故事《镜听》。

《镜听》说的是益都的郑氏兄弟二人，都是读书人，大郑学业优秀、成名早，父母就偏爱多一些，爱屋及乌，连带着对大郑媳妇也很好；二郑没有大郑那么优秀，学习成绩不好，不讨父母欢心，连累二郑媳妇也看不到公婆好脸色。两相对比，二郑两口子在家里的感受可想而知。

于是，二郑媳妇就对丈夫说："等男子耳，何遂不能为妻子争气？"或许是因为无处撒气，或许是为了激励丈夫，反正二郑媳妇从此不与二郑同床。您别说，这一招还真管用，二郑从此发奋苦读，学业渐渐有了起色。爹妈一看，老二也进步了，待他比以前好了一些，但跟大郑还是没法比。

恰好到了乡试大比之年，二郑媳妇望夫成龙心切，悄悄地在除夕之夜用“镜听”之术进行占卜。所谓“镜听”，也叫镜卜，是古人的一种占卜术，简单易操作。占卜者在除夕拿着镜子向灶王爷祈祷，然后把镜子放在胸前，出门偷听市人的无意之言，以此来占卜吉凶。

二郑媳妇用了这个法子，除夕夜祷告后揣着镜子出门，听到有两个人刚刚起床，互相推来推去闹着玩，一个说：“汝也凉凉去！”二郑媳妇听得丈二和尚摸不着头脑，也不知道是吉是凶，暂且搁置一边。

话说大郑、二郑兄弟俩考完试回家，恰好是一年中最热的时候，俩人的媳妇都在厨下做饭，正在挥汗如雨、酷热难耐之际，忽然有报马登门，大郑中举啦！郑母到厨房对大郑媳妇说：“大男中式矣！汝可凉凉去。”二郑媳妇本来就热得汗流浃背，再一看大嫂因为丈夫中举而被婆婆特赦去乘凉，又生气又委屈又伤心，一边哭一边做饭，但见泪水与汗水齐飞。

没想到过了一会儿，又有报马登门，原来二郑也中举啦！要说这报信的也是，为啥不一起来？害得二郑媳妇哭了老半天。只见二郑媳妇"力掷饼杖而起"，曰："侬也凉凉去！"说完这句话，她突然想起除夕之夜的镜卜，原来应验在这里。作者感慨道："贫穷则父母不子，有以也哉！"并说："投杖而起，真千古之快事也！"

作者为什么会感同身受？因为蒲松龄写这篇文章的时候，大概也联想到了自己的伤心事。他十九岁应童子试，名列第一，但之后屡试屡挫，一直考到五十一岁也没中举，从此放弃了做官的念头，不再应举。对于读书人科举道路的艰辛、中举的不易，蒲松龄一定有很深刻的体会。

至于同胞兄弟之间的复杂关系，蒲松龄也有相当的生活经验。他有兄弟四人，三人嫡出，一人庶出，蒲松龄排嫡子中的第二。在一篇悼亡之作《述刘氏行实》中，蒲松龄说自己的妻子刘氏"入门最温谨，朴讷寡言，不及诸宛若慧黠，亦不似他者与姑悖谿也。姑董谓其有赤子之心，颇加怜爱，到处逢人称道之。冢妇益恚，率娣姒若为党，疑姑有偏私，频侦察之；而姑素坦白，即庶子亦抚爱如一，无瑕可蹈也。然时以虚舟之触为姑罪，呶呶者竞长舌无已时"。

通过这段自述可知，蒲家四个妯娌之间的关系并不融洽，因为婆婆偏爱蒲松龄的妻子刘氏，引起了其他几位妯娌的不满和排挤，最终蒲松龄的父亲蒲槃做出了分家的决定。蒲家兄弟四人，每人分田二十亩，四人中，“兄弟皆得夏屋，爨舍闲房皆具；松龄独异：居惟农场老屋三间，旷无四壁，小树丛丛，蓬蒿满之”。可见，在妯娌四人之中，蒲松龄的妻子因沉默寡言而在大家庭中颇受欺负，或许正是这一生活实践让他对《镜听》中二郑媳妇的经历感同身受。

《聊斋志异》写了不少兄弟之间的故事，比如《云萝公主》中的大器与可弃，大器得父母喜爱，而可弃一出生就遭母亲嫌弃。按照儒家伦理，兄弟之间因具有血缘关系，与父子都是“人之至亲”，兄友弟恭是兄弟相处的准则。但就像《道德经》所言：“天下皆知美之为美，斯恶已；皆知善之为善，斯不善已。”或许正因父子、夫妻、兄弟之间容易出现矛盾和冲突，所以才要用纲常伦理把这些关系相处的准则规定下来。

现实生活中，或因财产分配不均，或因妻子的挑拨离间，或因父母的偏爱，兄弟之间非常容易出现矛盾冲突。《镜听》中二郑的发奋苦读，二郑媳妇的投杖而起，皆因父母在两个儿子之间没有一碗水端平，明显偏爱学业优秀者，而给不那么优秀的小儿子夫妇造成了心理伤害。结合自己的亲身经历，蒲松龄写这篇故事的时候应该也是有感而发吧。

由父母的偏心导致的兄弟不睦，南宋袁采在《袁氏世范》中就曾有过分析：“人之兄弟不和而至于破家者，或由于父母憎爱之偏，衣服饮食，言语动静，必厚于所爱而薄于所憎。见爱者意气日横，见憎者心不能平。积久之后，遂成深仇。”

都说父母对子女的爱是最无私的，果真如此吗？做父母不需要资格考试，父母也是平凡人，是人就有人性的弱点，若能做到绝对的公平、公正、无私，那就是圣人而非凡人了。所以，父母教养孩子大约也像企业管理者管理自己的员工，聪明、能干、业绩好的员工自然会得到嘉奖和升迁，愚笨、懒惰、业绩差的员工则会被扣薪降职。但父母与企业管理者不同的是，后者可以开除业绩差的员工，父母不能；同样，在企业里员工不认可管理者，可以辞职走人，子女也不行。所以，家庭关系是所有社会关系中最难处理的关系。

对中国人而言，“家”是一个内涵丰富的概念，这个字眼包含了爱和亲情，同时也充满了矛盾和冲突。因为他们是家人，不管他们有多少你不认可的言行举止，给你惹了多少麻烦，也不能说开除就开除，说撵走就撵走。就像《云萝公主》里的大器，可弃再混蛋，做大哥的也不能坐视不管；又像《镜听》里的二郑，父母兄嫂再怎么看不起自己，也得忍着，化委屈为力量。谁让他们都是家人呢！

《二商》：兄弟如手足，妻子如衣服，手足情不坚，全都怪媳妇

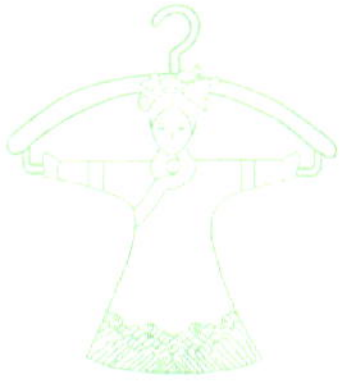

通过《小翠》《胡四娘》《镜听》这几个故事，人们发现若是出身贫寒、混得不好，不只在社会上不受待见，在家里也会受歧视。大郑和二郑被父母区别对待，那么大郑会不会也看不起弟弟一家？《镜听》里没写的情节，《二商》给补上了。

《二商》写了山东莒县一对姓商的兄弟俩，老大称大商，老二称二商，大商富而二商穷，兄弟俩毗邻而居。康熙年间，莒县发生了大饥荒，二商一家就面临着饿肚子的危机。一天，二商家无粮可炊，无以为计，媳妇就让他去找隔壁哥哥想想办法，二商说："没有用的。我哥要是可怜我，咱还能到今天这个地步？"媳妇再三坚持，二商只得让儿子去跑一趟大伯家。过一会儿，儿子空手

大商家彻底陷入赤贫，留下一个小儿子，刚五岁，天天跑到叔叔家，一住好多天不回，一旦送他回去就哭个不停。二商媳妇很不喜欢这个侄子，二商说："他爹不义，跟孩子有什么关系？"仍悄悄接济嫂子和孩子，直到大商家卖了田宅，能够自给自足为止。

后来又遇到大饥荒，饿殍遍野，二商自己家的日子也非常艰难，正在踌躇无奈之际，他做了一个梦，梦到哥哥说："余惑于妇言，遂失手足之义。弟不念前嫌，增我汗羞。所卖故宅，今尚空闲，宜僦居之。屋后蓬颗下，藏有窖金，发之，可以小阜。使丑儿相从；长舌妇余甚恨之，勿顾也。"二商按哥哥托梦所言，果然挖到了五百两银子，做起了小生意，照顾侄子立业，生活走上了正轨。

《二商》写的是兄弟俩的故事，哥哥没有尽到照顾弟弟的职责，弟弟却尽到了帮助哥哥的义务，作者感慨："闻大商一介不轻取与，亦狷洁自好者也。然妇言是听，愦愦不置一词，恝情骨肉，卒以吝死。呜呼！亦何怪哉！二商以贫始，以素封终。为人何所长？但不甚遵阃教耳。呜呼！一行不同，而人品遂异。"作者认为大商本性还是好的，错就错在太听老婆的话，而二商为什么得善终呢？因为他不怎么听老婆的话。这里引出了一个思考：兄弟之情与夫妻之情，孰轻孰重？兄弟与老婆同时掉到河里，先救谁？

在儒家传统里，当然是兄弟之情更重要。因为中国古代讲究父慈子孝、兄友弟恭，所谓“孝悌”中的“悌”指的就是敬爱兄长的意思。遇到困难，还是打仗亲兄弟，上阵父子兵，什么都不如血缘来得牢靠。

兄弟之情基于血缘关系，天生割舍不断，相比而言，夫妻之情基于姻缘关系，理论上要脆弱得多。所以《三国演义》里刘备说：“古人云：‘兄弟如手足，妻子如衣服。’衣服破，尚可缝；手足断，安可续？”

然而理论归理论，实践是实践，当大家来讨论兄弟之情与夫妻之情孰轻孰重的时候，就说明在实践中常常出现兄弟之情让位于夫妻之情的情况，如果兄弟之情毫无疑问地凌驾于夫妻之情之上，也就没有讨论的必要了。现实生活中是“花喜鹊，尾巴长，娶了媳妇忘了娘”，娘都能忘了，何况兄弟？但是“娶了媳妇忘了娘”是媳妇的错吗？如果儿子自己不想忘了娘，就算娶一百个媳妇，娘依然是娘。

《二商》这个故事也体现了《诗经》中所说的“兄弟阋于墙，外御其务”的精神，兄弟俩再不和，可是外敌来犯，弟弟还是去帮助了哥哥，反倒是哥哥没有尽到兄长应尽的职责，兄不友，而弟已恭。但哥哥一直到死都认为之所以对弟弟不好，全是媳妇的错。

其实，认真读了这个故事会发现二商的媳妇也不太友好，也常劝老公不要帮助哥哥，但二商该怎么做还是怎么做。而大商却于他们六十多岁的老父亲，更是被尹氏当作奴仆虐待，浑身上下破衣烂衫，连饭都吃不饱，杨氏兄弟只能背着尹氏偷偷地拿东西给父亲吃。尹氏之所以能这样横行无阻，跟丈夫和小叔子都是读书人有关系，所谓“秀才遇到兵，有理说不清”，读书人遇到一个悍妇，只落了一个“忍”字。

有一年，杨氏兄弟参加科考的时候遇到一个风度翩翩的少年马介甫，相谈甚欢，遂结为异姓兄弟。半年之后，马介甫来拜访杨氏兄弟，从此悍妇尹氏就遭遇了一个强劲的对手。马介甫一来就给形同奴仆的杨父买了新衣服，并与其同食同寝，杨父靠着自己的儿子吃不饱饭，现在倒托外人的福，终于不再忍饥受冻了。尹氏听说公公吃饱穿暖了，这还了得？“大怒，辄骂，谓马强预人家事”，你姓马的算老几？凭什么管杨家的事？杨氏兄弟被吓得“汗体徘徊，不能制止”。但马介甫不怕，不仅不怕，还使了个法术，把尹氏吓得不轻，好几个月不敢轻举妄动。马介甫一看尹氏被制住了，就告辞离去。

马介甫走了以后，尹氏仍心有余悸，一时之间不敢兴风作浪，没想到杨万石这个没出息的男人，看到老婆怕成那样，为了讨好她，就把马介甫施了法术的事情如实说了出来。这一下可不得了，尹氏变本加厉闹得家里鸡犬不宁，不仅把杨父的衣服扯破，还打耳光、拔胡须，杨万锺看到父亲被嫂子这样侮辱，怒从心头起，拿起石头打中嫂子的头，尹氏随即扑地。万锺以为把大嫂打死了，说："我死而父兄得生，何憾！"然后投井而死。谁知尹氏过一会就苏醒了，听说小叔子死了才解气。从此之后，万锺的妻儿就成了孤儿寡母，尹氏强行遣嫁了弟妇，并虐待侄子喜儿。反正这一家老小的日子更艰难了。

有一天，马介甫忽然回来了，听闻万锺已死，杨父和喜儿处境悲惨，悲愤交加之下就劝杨万石休妻，可杨万石怎么可能做得到？马介甫不得已只好给他一服药，这药的名字很威风，叫"丈夫再造散"。这副药吃下去，确实起了作用，杨万石也终于威风了一回，收服了老婆。但马介甫因事离开，药效一过，尹氏故态复萌，杨父不堪忍受，连夜逃跑到河南做了道士。

过了一年，马介甫又来了，这一次他失望至极，带上喜儿就走了。从此，杨万石在家乡的名声就彻底臭了，还被学案革掉生员资格。又过了四五年，杨家遭遇火灾，被烧得一干二净，连立锥之地也没有了，邻居又不肯收留，尹氏的娘家人也拒绝接济，杨万石正当穷困潦倒之际，尹氏却闹着要改嫁。刚好有个屠夫死了老婆，就花三百吊钱把尹氏买走，只剩杨万石一个人以讨饭为生。

有一天，杨万石讨饭来到一个大户人家门口，没想到这是他侄子喜儿的家。原来，当年马介甫先接走喜儿，又找到杨父，让祖孙团聚，之后供喜儿读书考中举人，帮他娶妻之后准备离开，祖孙二人苦苦挽留，马介甫说：“我非人，实狐仙耳。道侣相候已久。”然后，马介甫从此就真的消失了。

尹氏嫁给屠夫，屠夫跟杨万石那样的读书人可不一样，杀猪宰牛都是家常便饭，怎么可能让一个女人在家里作威作福，悍妇尹氏痛苦的受虐之路由此开启。一年之后，屠夫死了，杨万石还想把尹氏接回来，当然遭到喜儿的强烈反对。后来尹氏无以为生，只能混迹于乞丐之中，杨万石竟然还常常去跟她私会。

故事最终以施虐者被虐、恶人得恶报结局，算是大快人心，蒲松龄在文末感慨道：“惧内，天下之通病也。”尹氏这样的悍妇在《聊斋志异》里并非个例，另有一篇《江城》里有个美丽的悍妇江城，也把自己的丈夫折磨得死去活来，最后得高僧点拨才变得温顺。蒲松龄在这一篇末尾又感慨道：“每见天下贤妇十之一，悍妇十之九。”可见这是蒲老先生发自肺腑的呐喊。

在我们现代人的印象里，古代社会要求女子三从四德，在家从父，出嫁从夫，夫死从子，但凡犯了七出之条，就会被丈夫休掉，怎么还会有怕老婆的懦夫？凡事总不是绝对的，中国自古以来就流传一些惧内的故事。

比如，唐代的房玄龄怕老婆出了名，连皇帝唐太宗都看不下去了，对房夫人说要么同意自己的老公纳妾，要么喝毒药，这位房夫人毅然决然选择了后者，好在太宗用的是浓醋，“醋缸”之说由此而来。

宋代有位陈慥，字季常，特别怕老婆，苏轼打趣他：“龙丘居士亦可怜，谈空说有夜不眠。忽闻河东狮子吼，拄杖落手心茫然。”所以，民间就有了“河东狮吼”的说法，也把怕老婆称为“季常之癖”。

明末清初有部署名西周生的小说《醒世姻缘传》，书中塑造了薛素姐和童寄姐两个悍妇形象，可谓是悍妻懦夫的集大成者，这个故事跟《江城》有异曲同工之妙，以至于有研究者认为“西周生”就是蒲松龄。《红楼梦》里也有两个让丈夫十分忌惮的泼辣老婆，一个是王熙凤，另一个是夏金桂。贾琏和薛蟠都是纨绔子弟，吃喝嫖赌无所不能，可是面对悍妇，也只有怕的份儿。

男人为什么会怕老婆？论体力，一般情况下女人可不是男人的对手。对此，江城的老公说，我怕老婆，因为我老婆长得美啊。没错，一些男人怕老婆因为老婆长得好看，当年心心念念好不容易追来的，不免供起来，也难免怕起来。

另一种情况是，老婆的娘家有钱有势，有娘家撑腰，女人在婆家自然趾高气扬。王熙凤、夏金桂皆是如此，贾迎春嫁给孙家之所以受欺负，也是因为贾家没落了。《世说新语》记载孙秀的老婆蒯氏善妒，而且动不动就骂老公是“貉子”，这是当时北方人对吴人的一种侮辱性称呼，可是孙秀也顶多赌气不理她，不敢有什么明显的反抗。因为，老婆蒯氏是晋武帝的姨妹啊！

可是像杨万石的老婆并不美，也不是有钱有势人家的姑娘，杨万石怎么还那么怕她呢？这个，或许跟性格有关吧，如果从现代心理学角度分析，大概是有受虐型人格障碍。

不过虽然蒲松龄高呼“贤妇十之一，悍妇十之九”，并不是说在他所处的时代，女性的地位就高于男性，古代怕老婆的案例之所以能流传下来，恰恰因为它们反常规。整体而言，女性因为没有经济上的自主性和独立性，处于依附地位，在婚姻关系中处于劣势和弱势。因为在古代社会没有离婚一说，只有丈夫休妻，没有妻子休夫，而且休妻的原因包括妻子不顺父母、无子、淫、妒、有恶疾、口多言、窃盗，生不出儿子、不让丈夫纳妾、生了重病等，都是妻子被抛弃的正当理由。

时至今天，跟悍妇、悍夫相关联的一个词是“家暴”，被家暴者仍是女性占了绝大多数，悍夫比例远远超过悍妻。

当今社会，我们没有狐仙马介甫的帮助，也不能期待高僧点化、因果报应，但我们有法律。无论是悍夫还是悍妻，只要动手，都属于身体暴力，即使不动手，辱骂、训斥、不理睬也属于精神暴力，这些都是家庭暴力的范围。遭受了家暴或者面临家暴危险的当事人，可以向人民法院申请人身安全保护令。

期待有了法律的保护，悍夫和悍妇都会越来越少，也期待现代社会的“怕老婆”不是出于怕被老婆打骂虐待，而是怕老婆吃苦，怕老婆受委屈，怕老婆得到的关爱太少。

《金生色》：想穿越回清朝的女人要三思

虽然蒲松龄曾说："每见天下贤妇十之一，悍妇十之九。"但现代读者不要以为女人如果穿越回清朝，就有可能在家里当个悍妇作威作福、随意驭夫。这篇《金生色》证明，若想穿越回清朝做女人，风险极大。

众所周知，明清时期的节妇特别多，贞节牌坊也很多，丈夫死了，妻子要么殉节，要么守节，不能再嫁，也不能再交男朋友，不然下场就很凄惨，惨到什么程度呢？通过金生色媳妇的经历可见一斑。

金生色是一个男人的名字，姓金，名生色，娶了同村的一个姓木的姑娘做媳妇。蒲松龄给小说主人公取名字也很有趣，这夫

We Chat 《聊斋志异》

妻二人，一姓金，一姓木，让人联想到五行中的金能克木，木坚金缺，反正就是和谐不了。

金木夫妇二人婚后生了一个孩子，刚一岁，金生色就生了重病，临死前他留下遗言让妻子改嫁。古代人结婚早，十五六、十七八就结婚，孩子那么小，金生色就死了，这金木氏还是非常年轻的，应该不到二十岁。在清朝，丈夫临终留下话让老婆改嫁，听起来冠冕堂皇，却总觉得哪里不对，不免让人想起刘备白帝城托孤于诸葛亮："君才十倍曹丕，必能安国，终定大事。若嗣子可辅，辅之；如其不才，君可自取。"搞得诸葛亮必须得用心辅佐阿斗，不能有半点二心。所以，金木氏也效仿诸葛亮，指天发誓，志在守节。

等到金生色真的死了，丈母娘前来悼念，私下里跟自己闺女说："你还这样年轻，就这样守着个襁褓中的孩子过后半辈子，不是傻么？就算守咱也不能老老实实地守。"不巧这话被金母听到了，十分悲愤，女人的斗志被激发起来，命令媳妇："必须守节。"但不久金母就梦到儿子前来相劝，约定出殡之后就让媳妇改嫁。不料阴阳先生看了风水，这一年不宜出殡，媳妇就得先守着。

这金木氏也不是吃素的，在婆家穿孝，回了娘家就打扮得花枝招展，一来二去，就跟一个叫董贵的小混混好上了。董贵用钱买通了金家邻居老太太，从这老太太家爬墙过去与金木氏幽会。

如此几番之后，一天晚上，把金生色气得提着剑从棺材里出来，诈尸啦！于是董贵和金木氏惊慌失措，都吓得跑出去了。

董贵裸奔而出，慌乱之中躲到被他买通的邻居老太太家里，看到一扇门敞着，就躲进去，却被邻居家的儿媳妇误以为是其丈夫。后来这邻居家的儿子回来了，抓到了董贵正在跟自己的老婆做不可描述的事情，一怒之下杀死了董贵，他妈走过来说："捉奸哪能只杀一个？"然后，作者写道："子不得已，遂又杀妻。"

这边厢董贵死了，那边厢金木氏的遭遇更离奇。金木氏的父亲木翁正要睡觉，发现有人纵火，于是大声呼喊，全家人一起灭火并追捕纵火者，看到墙下有可疑之人，一箭射过去，却发现是一个赤身裸体的女子，箭贯胸脑，不是别个，正是木翁的女儿金木氏。不用说，这金木氏也死了。

故事发展到这里，留给金家和木家一个疑问：与金木氏幽会的人到底是谁呢？

后来金家邻居的儿子（就是杀死董贵的那位）前去官府自首，因为杀的是奸夫淫妇，"薄责释讫"，被从轻发落。如果故事到这里，金家和木家的疑问还是得不到解答。但这邻居儿子的大舅哥觉得自己妹妹死得冤枉，继续上诉，官府就把邻居老太太抓去了，一询问，真相大白。

最后的结果是："木以诲女嫁，坐纵淫，笞；使自赎，家产荡焉。邻妪导淫，杖之毙。”这姓木的一家因为教导女儿改嫁，有纵淫之罪，受鞭笞之刑，邻居老太太有导淫之罪，被杖毙。蒲松龄评价道：“金氏子其神乎！谆嘱醮妇，抑何明也！一人不杀，而诸恨并雪，可不谓神乎！”作者赞叹这位金生色同学，留下遗嘱让老婆改嫁，是多么开明啊！后来，自己一个人没杀，但是所有的仇都报了，真是神了，啧啧啧！

这样离奇曲折的故事，在明清小说戏曲里并不罕见，中心思想都一样：寡妇要守节，守节的女人才符合道德规范，否则就是死有余辜。

总结一下，在这个故事里，三个女人死于非命，一个女人被鞭笞，死的三个人中有一个是金木氏，因为与人淫乱，虽然此时她丈夫已死，董贵充其量算是男友。第二个是邻居老太太的儿媳妇，误把董贵当自己丈夫，本来不该死，因为婆婆一句话，捉奸得捉双啊，于是也被丈夫杀死了，而这丈夫去自首的时候，因为杀的是奸夫淫妇，还不用偿命，被从轻发落。第三个是被杖毙的邻居老太太，罪名是她协助淫乱，类似于《水浒传》里的王婆。被鞭笞的是金木氏的母亲，理由是放纵女儿淫乱，既然子不教、父之过，那么女不教，必然是母之过了。

作者写这篇小说，一方面是在宣扬因果报应思想，“邻媪诱人妇，而反淫己妇；木媪爱女，而卒以杀女。呜呼！‘欲知后日因，当前作者是'，报更速于来生矣！"另一方面，就是告诫世人寡妇守节的必要性和重要性，对于这个故事中死去的几个女人，半点儿惋惜同情之心也没有。用现代眼光来看，这个故事真是暴力又血腥，女人的命运何其悲惨，金生色死时留下遗言令妻子改嫁，可是妻子真的有了相好的，又怒不可遏；邻居家的儿子知道自己的妻子是无辜的受害者，仍然毫不留情地杀了她。

在蒲松龄的时代，女性不具有独立的人格，而是一个物件，"在家从父，出嫁从夫，夫死从子"，即使丈夫死了，她的去留也由丈夫和婆婆决定，女人无权决定自己的未来，如果像邻家媳妇那样不幸被人玷污，不管是不是自己的错，都是死有余辜。作者显然是赞同这样的观点的，不仅赞同，还写成文章警示世人。所以，《聊斋志异》带有历史的局限性。

最后，温馨提醒一句：看多了穿越小说、穿越影视剧的人们，千万别被蒙蔽了双眼，马尔泰·若曦和洛晴川的故事都是用来骗小姑娘的，须知：复古有风险，穿越须谨慎。

《祝翁》：爱她，请给她选择权

《金生色》告诉现代人在古代做个女人太难了，有人可能会说金木氏那样离奇的遭遇只是个案，就算穿越回去也未必能碰得到，说不定还能找到一个白头偕老的佳偶呢。这一篇《祝翁》还真讲的是一个“不能同年同月同日生，但求同年同月同日死”的故事。

话说济阳祝村有个姓祝的老头儿，简称祝翁，其实也就五十多岁。这位祝翁因病去世，家里人正在制作整理丧服的时候，忽然听到祝翁叫喊，大家赶忙跑到灵柩前一看：可了不得！祝翁复活了！

全家人都很高兴，争相慰问，但祝翁并不理会别人，只对老伴祝媪说：“我适去，拚不复返。行数里，转思抛汝一副老皮骨在儿辈手，寒热仰人，亦无复生趣，不如从我去。故复归，欲偕尔同行也。”大家都把这话当作老头儿刚刚苏醒过来的胡言乱语，没人当真。

祝翁看大家不信，又说了一遍。祝媪说：“真要这样也敢情好。但你刚活过来，怎么能马上再死呢？”祝翁说：“这个不难。你赶紧安排一下后事吧。”祝媪听了只是笑，祝翁又催她赶紧的，老太太没办法，只好假装走到室外，耽搁了一会儿，再回来骗老头子说：“好啦，我都安排好了。”祝翁又催她赶紧去梳妆打扮。祝媪不听，但耐不住老头子总是催，又不忍违拗他的意愿，只得穿上裙子，板板正正地打扮一番。家里的媳妇和女儿们见了，都偷偷地掩嘴笑。

看到老伴收拾停当了，祝翁拍着枕头招呼老伴儿：“快，过来躺下。”祝媪很不好意思地说：“儿女们都在，咱俩一起躺着，像什么样子？”祝翁听了这话，气得直捶床：“并死有何可笑！”子女们见老父亲急了，赶紧劝母亲顺从他的意思，哄着老父亲高兴就行，毕竟他刚刚复活啊。祝媪没办法，只得与祝翁并枕僵卧，假装配合一下。家人看到又笑了一回。

过了一会儿，只见祝媪笑容忽敛，双眼也渐渐合上，久之无声，就像睡着了一般。众人吓得赶紧仔细瞧瞧，只见“则肤已冰而鼻无息矣。试翁亦然”。蒲松龄于文末评论道：“人当属纩之时，所最不忍诀者，床头之昵人耳。苟广其术，则卖履分香，可以不事矣。”曹操当年要是有祝翁这个本事，也不用临终之时做卖履分香的安排，直接把众姬妾一起带走就好了。

这个故事初看还挺让人感动的。“问世间，情为何物，直教生死相许？”情到深处，你若不离不弃，我必生死相依。祝翁不放心留下老伴儿一个人仰儿女鼻息，要死一起死，黄泉之下也有个照应，看起来这是一种牵挂和爱，还挺浪漫。正所谓“愿得一心人，白首不相离”，“我能想到最浪漫的事，就是和你一起慢慢变老”，想必无数恋人都曾许下过这般美好愿望。可是你我皆凡人，没有人能长生不死，白首之后呢？

仔细一看，这个故事跟梁山伯和祝英台双双化蝶、罗密欧与朱丽叶前后殉情的故事不太一样，从祝媪的言行来看，人家活得好好的，压根儿没想跟丈夫一起赴死。祝媪之所以配合，只是念在老伴儿刚醒过来，可能有些神志不清，配合是为了哄他高兴。没想到，这一配合不要紧，就真的再也没有醒过来。

祝翁此时五十多岁，祝媪应该也是差不多的年纪，虽说是“人生七十古来稀”，可运气好的话，祝媪还有一二十年的好日子等着过，可以春天赏花、秋天赏月，可以夏天吃西瓜、冬天涮火锅，享受儿孙绕膝的天伦之乐。祝翁的人生走到尽头，并不代表祝媪就得跟着殉死啊，说不定人家想的是：呵，一辈子看老头子脸色，终于自由了！

祝翁虽然是祝媪的丈夫，却没有征求对方的意见，只通知了一声，就让祝媪稀里糊涂地跟自己一同赴死，还觉得这是为她好。如果说这也是爱，该是多么霸道又自私的“爱”。任何一个人都没有权利剥夺另一个人的生命，祝翁凭什么就剥夺了祝媪的生命呢？仅仅因为她是他的妻子？仅仅以爱之名？那可真是“爱杀”。

人家曹操虽然在戏台上都以白脸形象出现，临终之时也没有自私到让妻妾陪葬的地步，反而还叮嘱她们：“余香可分与诸夫人，不命祭。诸舍中无所为，可学作组履卖也。”毕竟也是一代枭雄。似祝翁这般，只是个自私自利的小男人而已。

所以，在两人相处的漫长岁月里，情感固然重要，理智也不可或缺，彼此尊重是长相厮守的基础，别动不动就打着“我是为你好”的幌子剥夺对方的各种权利，行自私之实。大家都是智商正常的成年人，不需要你口口声声说为我好。怎样才算好，请让我自己决定。

《房文淑》：千百年来，为什么等待的总是女人

祝媪的遭遇告诉我们不是所有的双双赴死都是一段佳话，爱一个人的前提是尊重。但在古代社会，多少女人的思想情感不仅没得到应有的尊重，还被忽视得理所应当。这篇《房文淑》里就有那么一个被忽视的女人娄氏，但这个女人不是主角，主角的名字叫房文淑。

话说开封有个人名叫邓成德，游学到兖州，住在一个破庙里，帮人家做些抄写文书工作。一天黎明，一个艳丽的女子叩门而入，佛前焚香叩拜而去。第二天，又是如此。如是几天，邓成德就与女子搭讪，得知她名叫房文淑。之后按照《聊斋志异》的套路，房文淑帮邓成德找了一份塾师的工作，他俩一起琴瑟和谐地过了

六七年，还生了一个儿子。邓成德因为妻子不育，得子非常高兴，起名“究生”。

有了儿子，邓成德就想跟房文淑一起回乡，不料对方说：“多谢，多谢！我不能胁肩谄笑，仰大妇眉睫，为人做乳媪，呱呱者难堪也！”又过了一个多月，邓成德辞去了塾师工作，想跟人一起出去经商：“我思先生设帐，必无富有之期。今学负贩，庶有归时。”也就是说他要出远门做生意，需要跟房文淑暂别一段时间。房文淑并未作答，当夜就抱着儿子离开了，从此杳无踪迹。

起初，邓成德离家的时候，曾跟家里的妻子娄氏相约，年底一定回家。但是多年过去，杳无音信，大家都传闻邓成德已经死了。邓的哥哥因为他没有儿子，就让娄氏改嫁。娄氏不死心，想要再等三年，以织布维持生计。

一天傍晚，一个抱着孩子的女子前来求宿，娄氏收留了他们。看到孩子长得很可爱，娄氏不免露出羡慕之情，女子说：“我正嫌其累人，即嗣为姊后，何如？”娄氏答曰：“别说你舍不得，就是你舍得，我也没有奶可以哺乳啊。”女子说这个不难，就拿出一包下奶药放在窗台上。

及至半夜，娄氏发现女子不见了，而孩子尚在。孩子饿得哇哇哭，娄氏想起女子留下的药，吃下去，果然能够哺乳，于是抚

养这个孩子视如己出，也彻底断了改嫁的念头。但娄氏因为要养育这个孩子，就影响了织布工作，家里的日子也日益窘迫。一天，女子又回来了，娄氏已跟孩子有了感情，害怕她回来要孩子，没想到她说："姊勿惧，妾来正为儿也。别后虑姊无豢养之资，因多方措十余金来。"说完放下钱就走了。

又过了三年，邓成德做生意有了盈余，终于回到家乡，看到孩子很吃惊，就问娄氏是什么情况，娄氏告之原委始末以及孩子的名字——"究生"，邓成德惊叹："这孩子确实是我的儿子啊！"询问女子送子之日，恰好是房文淑离开邓成德的日子。

于是，作者写道"邓乃历叙与房文淑离合之情，益共欣慰"，作为一个现代人，看到这句话，真是要拍案而起。

想当初，邓成德离家之时约定年底就回，可他在外与房文淑过起日子、生了儿子，一过就是六七年，房文淑送儿子之后又过去了三年，这样，邓成德离开娄氏将近十年时间。这十年之中，他一不寄信，二不寄钱，完全把老婆抛在脑后，根本没有设身处地想过老婆的处境。所谓一日夫妻百日恩，可邓成德的所作所为看不出对老婆一丁点儿的情义。

相比之下，房文淑一听邓成德要出门做生意，二话不说，立马离开，人家才不苦等呢。娄氏却苦守了十年，而邓成德呢，另找一个女人，开开心心过日子、生儿子，好像根本就没有娄氏的存在。房文淑不愿跟邓成德回家做妾，仰大老婆鼻息，给孩子做奶妈。但她把孩子扔给了娄氏，让娄氏去做奶妈，养孩子。等到邓成德回家，老婆还是老婆，儿子也是儿子，老婆守着家，儿子有人养，小老婆也不来找麻烦，简直是人生赢家。

作为当代女读者，读到这个故事，我们会觉得三观尽毁，节操碎了一地。可是倒回三百年前，在蒲松龄的时代，大家就会认为娄氏的等待是正常的，女人“在家从父、出嫁从夫、夫死从子”，还要嫁鸡随鸡、嫁狗随狗，从一而终，等待是她作为一个妇道人家的本分。邓成德在外又找了一个女人，十来年不回家也是正常的，何况这个女人还给他生了儿子，让他避免“不孝有三，无后为大”的悲剧，何其幸运！对娄氏来说也是幸运的，不然她死后都没有人上坟烧纸。

至于娄氏在这漫长的十年之中如何生活，三千多个日日夜夜如何思念、担忧，如何矛盾、痛苦，如何谋生，如何应付外人的欺侮……所有这一切，似乎都不在作者和邓成德的思考范围之内，都被他们理所当然地忽视了。那么，男人们不知道留在家里的女人们的煎熬吗？当然知道啊，在中国古代文学史上有一个特殊的题材就是思妇题材，而且这些思妇诗还都是男人写的。

中国最早的思妇诗大约要从《涂山歌》开始，《吕氏春秋·音初篇》记载：“禹行功，见涂山氏之女，禹未之遇而巡省南土。涂山氏之女乃令其妾候禹于涂，女乃作歌，歌曰：‘候人兮猗’。”“候人”就是等待一个人，从涂山氏之女等待大禹开始，思妇题材绵绵不绝。

西周时期，兵役徭役繁重，男子大量外出戍边或服苦役，家里只留下妇女，这些妇女们一边劳动，一边思念远方的丈夫，于是《诗经》里就出现了一些思妇诗。她们劳动的时候想念自己的男人，“采采卷耳，不盈顷筐，嗟我怀人，置彼周行”；男人不在家，都无心梳妆打扮了，“自伯之东，首如飞蓬。岂无膏沐，谁适为容？”

汉代《古诗十九首》中的思妇诗也占了近一半，比如“相去日已远，衣带日已缓。浮云蔽白日，游子不顾反。思君令人老，岁月忽已晚。弃捐勿复道，努力加餐饭”；“菟丝生有时，夫妇会有宜。千里远结婚，悠悠隔山陂。思君令人老，轩车来何迟”。跟《诗经》中的丈夫们戍边、服役不同，此时的丈夫们一般是外出游学、游宦，或者经商，留妻子在家独守空房。

思妇们思着思着就怨了起来，于是还出现了闺怨诗，最典型的当属王昌龄的《闺怨》：“闺中少妇不知愁，春日凝妆上翠楼。忽见陌头杨柳色，悔教夫婿觅封侯。”温庭筠有一首《望江南》写得也很细腻：“梳洗罢，独倚望江楼。过尽千帆皆不是，斜晖脉脉水悠悠。肠断白苹洲。”

所以，你说男人们不知道女人在家等待、思念的苦闷吗？看看那些为数众多的思妇诗、闺怨诗就知道，他们心里明白着呢，不仅明白还能表达得比女人更细腻生动。但是，为什么他们还要在外面忙工作、忙交友、忙恋爱、忙宴饮呢？因为他们非常笃定，家里的老婆会死死地守在那里，她们一没有收入，二没有工作，只能出嫁从夫，不然还能咋地？

虽然当代的女人比古代妇女更加独立和自主，很多人也有自己的职业，但是传统的“男主外，女主内”的观念仍然很有市场，男人忙得不着家是天经地义，女人不管家就是不守本分，不仅男人这样认为，很多女人自己也认可这个观念。于是，别管真的假的，或者半真半假，一些男人就以“忙”为借口成天不着家。他们也很笃定，老婆不会不管孩子的，老婆不会离家出走的，老婆会为他留一盏灯的。

蒲松龄认为娄氏等了十年不值一提，现代人也认为男人忙于事业而忽视家庭是可以理解的，古代思妇在等，现代主妇也在等。为什么等待的总是女人？

《九山王》：东野圭吾式的复仇故事

这本书写到这里，读者已经看了那么多人与人以及人与仙、妖、狐、鬼之间的爱恨情仇，有的缠绵悱恻，有的曲折动人，有的让人伤感，有的令人莞尔，在这些异彩纷呈的故事中，我们发现有些花妖狐魅比人类更善良、更单纯、更可爱，也有些人类比鬼狐更残忍、更凶狠、更毒辣，就像这篇《九山王》中的李生。

李生既是读书人又家境富裕，他们家有一个好几亩地的后园子，长期荒着。有一天，一个老头来拜访，说是想租他们家的后园子，一年给一百两银子的租金。要知道在《红楼梦》里，刘姥姥全家一年的生活费才二十两银子而已，一百两相当可观。李生就答应了。

有一天，老头来请李生去他们家做客，李生看到园中“舍宇华好，崭然一新”，当时的情景是“酒鼎沸于廊下，茶烟袅于厨中”，“庭下少年人，往来甚众。又闻儿女喁喁，幕中作笑语声”，一大家子过得热热闹闹、快快乐乐，唱着歌儿、吃着火锅，充满令人愉悦的烟火气。一个荒废的园子，突然多了这些，李生就明白这一家子都不是人而是狐仙。

在各种《聊斋志异》故事里，人类面对鬼狐时的反应各异，通常第一反应都是害怕，但有人短暂害怕之后与鬼狐成为朋友，有人不堪鬼狐之扰，祷告上香，只求平安，或者惹不起躲得起，干脆搬家离开。李生跟大多数人的反应不一样，他并没有表现出害怕，也没有被狐仙一家祥和的气氛感染，却是“席终而归，阴怀杀心”。

按说狐仙一家给的租金很高，租住的是李家荒废很久的园子，并没有行凶作恶，也没有打扰李家的生活，还很有礼貌地邀请他去做客。但李生仅仅因为对方不是人类，立刻起了杀心，并且他这个杀心很不一般。只见他去市场上买了几百斤硝硫，也就是几百斤炸药！偷偷地在园子里各个地方布置上，突然点火，“烟亘霄汉，如黑灵芝”，连蘑菇云都出来了。待到火焰熄灭之后，李生看到的情景是“死狐满地，焦头烂额者，不可胜计”，可以想见其状之惨烈。

跟很多故事一样，这场灾难有一个幸存者，就是恰好外出的老头，他回家后看到当时的惨状，悲痛异常，对李生说：“夙无嫌怨；荒园报岁百金，非少；何忍遂相族灭？此奇惨之仇，无不报者！”无冤无仇，还给了很高的租金，李生还是灭了人家全族，非一般凶残。所以，蒲松龄在《聊斋志异》里曾不止一次借鬼狐之口评价：人们都说鬼狐可怕，其实有些人类比鬼狐更可怕！人性本善还是本恶？这是一个没有定论的问题。孟子说“恻隐之心，人皆有之”，而荀子则说“人之生，固小人”，在李生这里，显然是荀子赢了。

这个李生残杀了狐仙全家之后，也曾担心会遭报复，但过了一年都相安无事，李生也就逐渐放松了警惕。这时正值顺治初年，强盗土匪横生，治安比较混乱，正当李生忧虑的时候，村里来了一个算命先生，据说算得极准，自称“南山翁”。这位南山翁一见李生，愕然起敬，说：“哎哟！您这是真命天子啊！”然后就劝说李生聚众起兵造反，李生一开始还半信半疑，但南山翁说：“自古帝王，类多起于匹夫，谁是生而天子者？”这句话类似“王侯将相，宁有种乎？”比较有说服力，然后南山翁毛遂自荐做他的军师，帮他拉起来几千人的队伍，李生一看天时、地利、人和，就真的揭竿而起，没想到一呼百应，与朝廷军交战势如破竹，遂自立为“九山王”，并拜南山翁为“护国大将军”，以为黄袍加身指日可待。可是有一天朝廷军队再次围剿的时候，南山翁消失了。最后的结局是，李生以谋逆罪被满门抄斩，他终于醒悟南山翁就是那只老狐，以灭族复了灭族的仇。

这个故事很刚硬，既残暴又冰冷，读之有些东野圭吾小说的味道，就像《白夜行》，写的是人性的黑暗与险恶，男女主人公在太阳照耀下的黑夜里行走，绝望又无奈。想来那只幸存的老狐，大概复仇之时也有着唐泽雪穗式的心情吧。

《八大王》：耍酒疯怎么办？揍一顿就好了

《九山王》这样的复仇故事实在有些残暴又沉重，下面讲一个轻松好玩的故事调剂一下大家的心情，巧的是，这个故事的主角也是个“王”，彼为“九山王”，此是“八大王”。

《八大王》的男主角姓冯，临洮人，祖上曾经富过。有一个以渔鳖为生的人欠了冯生的钱还不起，就以自己打到的鳖抵债。有一天，这人送来一只巨大的鳖，额头上还有一个白点。冯生觉得这只鳖不同寻常，就把它给放生了。

一天，冯生路过恒河边，天色已昏，见到一个喝大了的人，东倒西歪地走过来。这人远远地看见冯生，问：“唉，你谁呀？”冯生好端端地在路上走，碰到这样一个人问话，当然不耐烦，胡乱答应着："走道儿的。"那个醉汉一听，生气了："你没名没姓吗？还走道的？"冯生想赶紧走，就没理他，径直走了过去。醉汉更生气了，抓住冯生的衣服不让他走，还酒臭熏天。冯生更不耐烦了，但是力气不够大，挣脱不了，反问："你谁啊？"对方说："我是南都旧令尹，你想咋地？"冯生说："有你这样的令尹，真是辱没世间之人啊。幸亏是旧令尹，要是新令尹，大家连道儿都不能走了。"醉汉一听就恼了，作势就要动手，冯生也放出话来："我冯某也不是被吓大的！"没想到，醉汉一听，转怒为欢，踉踉跄跄下拜说："哎呀，原来是我的恩人啊，多有得罪，还请海涵。"于是死活非要拉着冯生去他家做客。

冯生推辞不了，只得同意。醉汉拉着冯生的小手，一刻也不放松，一直走了好几里路，终于来到一个小村庄，进入一所气派的大宅子。这时候醉汉稍微醒了醒酒，自我介绍说："我是洮水八大王，刚才西山青童请我去喝酒，喝多了，冒犯了您，实在惭愧。"读者看到这个自我介绍，一定莞尔，所谓"八大王"，颠倒一下字序，不就是"大王八"吗？

冯生一听这个介绍，也知道这是一个妖怪，但看他情辞恳切，倒也不觉害怕。转眼间，八大王就安排了丰富的筵席，并殷勤劝酒。冯生心想：这八大王刚刚清醒了一点儿，可不能再喝了，万一他又醉了，还得纠缠一番。于是，冯生就托词自己醉了，想去睡觉。八大王知道冯生的意思，笑曰：“君得无畏我狂耶？但请勿惧。凡醉人无行，谓隔夜不复记者，欺人耳。酒徒之不德，故犯者十之九。仆虽不齿于侪偶，顾未敢以无赖之行，施之长者，何遂见拒如此？”八大王这话真是道出了很多借酒蒙脸、借酒撒泼之人的真实嘴脸，大多数酒后无德都是故意的，他们心里清楚着呢。冯生遂正容而劝谏八大王戒酒，八大王说自己做令尹时就因天天狂饮而得罪了玉帝遭遇贬谪，也曾想努力改过自新，但现在老了，没有飞黄腾达的希望，故态复萌，今天听了冯生的话打算接受他的劝诫。

临走之时，八大王抓住冯生的胳膊说：“相聚不久。蓄有一物，聊报厚德。此不可以久佩，如愿后，当见还也。”于是从嘴里吐出一个一寸高的小人，用指甲把冯生的胳膊掐开一个口子，把小人按捺进去，创口随即愈合，冯生的胳膊上鼓起一个核桃大小的包。这一串动作太快，等冯生回过神来，赶忙问这是什么，八大王笑而不答，说：“您该走了。”然后送冯生出门。冯生被稀里糊涂送出门，扭头回顾刚才的村舍，全都消失了，只有一只巨鳖，缓缓没入水中。读者和冯生此时应该都明白，八大王就是故事开头被冯生放生的那只额有白点的巨鳖，所以视冯生为恩人。

自从获得了这个宝物，冯生突然多了一个特异功能——“由此目最明，凡有珠宝处，黄泉下皆可见；即素所不知之物，亦随口而知其名”，就是能看见别人看不见的宝贝，仿佛身上装了一个探测器。这下冯生可发了大财，比如在自己的卧室地下挖到了不少银子；有人要卖宅子，冯生火眼金睛一看，这宅子底下有一大笔财宝，就出高价把宅子买下来。古代也没有银行，大家攒点钱、弄点珠宝都爱埋在地下或藏在哪个旮旯里，有时候来不及告诉子孙就往登极乐世界，宝物就一直不见天日。冯生靠着这个技能到处发掘财宝，一找一个准儿，迅速发家致富，步入人生巅峰。

在搜罗财宝的过程中，冯生得到了一面镜子，这面镜子特别有意思，不仅“光射里余，须眉皆可数”，而且“佳人一照，则影留其中，磨之不能灭也；若改妆重照，或更一美人，则前影消矣”。这面镜子简直就是现代的录像机啊，录影之后能保存，如果再录其他影像，就覆盖了之前影像，就是内存还是有点小。若蒲松龄能穿越到今天，会发现当年的奇思妙想已经变为现实。

当时肃王府有一位三公主非常美丽，冯生很想看看这位公主，但公主岂是寻常人能随便看的？不过冯生有办法，用镜子录下来就好了。有一天，三公主游览崆峒山，冯生悄悄躲在山里，等到公主下车时，“照之而归”，这么看来，他也算是狗仔队的鼻祖了。

回家之后，冯生果然在镜子里看到了公主，“拈巾微笑，口欲言而波欲动”，美死了。过了一年多，这件事被冯生的老婆泄露出去，被肃王府知道了。王爷怒了，好大的胆子，竟然敢给公主录像，不想活了吗？立刻没收作案工具，并准备砍了冯生的脑袋。

冯生不是特别有钱吗？这时就想用钱买命。王爷一想，他死了也没什么用处，不如抄没家产，流放算了。没想到三公主说：“彼已窥我，十死亦不足解此玷，不如嫁之。”我们当代人真的无法明白三公主的脑回路，但如果把人物和事件放在当时的背景下，或许也可以理解。明代大兴《女诫》《女四书》，明清两代出了若干的节妇烈女，有人因为被男子碰了一下胳膊，就砍掉自己整条胳膊。所以，三公主认为自己被冯生偷偷录了影，又暗地里被欣赏了一年多，简直就是一种玷污，消除这种恶劣影响的最好办法就是嫁给他。

但是王爷不答应，要是把公主嫁给冯生，王府的颜面何在？何况冯生已有老婆，难道要公主与人分享一个男人吗？可是公主开始绝食，非冯生不嫁，王妃就着急了，力劝王爷。老婆和女儿一闹，王爷也没办法了，就释放冯生，让人把公主的意思告诉冯生。这要是一般人，不仅保住命，还能娶到美丽的公主，早就乐呵呵答应了。没想到冯生真的不是被吓大的，他说：“糟糠之妻不下堂，宁死不敢承命。王如听臣自赎，倾家可也。”让我出钱可以，让我娶公主，没门儿！王爷一听，这什么人哪？太不知好歹了，抓起来！于是冯生又被抓走了。

公主还在抗争，王妃为了女儿就想了一个办法，宣召冯生的妻子，准备赐一杯毒酒，让她消失。现代人看到这里，难免不后背发凉。冯生已然富贵无敌，但在皇族面前，人命一如草芥，王妃为了满足自己女儿的愿望，可以轻轻松松拿走别人家女儿的生命，皇权之霸道超出现代人想象。但是冯生厉害，冯生的老婆也不是吃素的。她进了宫，献给王妃一座名贵的珊瑚镜台，言辞温柔，情意恳切，不仅打动了王妃，还感染了公主，竟然与公主成为姊妹，就问你们服不服？本来这一去是要送命的，没想到不仅全身而退，还成就了冯生与公主的姻缘。

冯生对老婆说："王侯之女，不可以先后论嫡庶也。"本来，先娶者为嫡，后娶者为庶，但公主出身王侯之家，不论嫁的先后，一律都要做嫡妻正室的。这样，公主一旦嫁过来，冯妻就自动降为妾室了。但冯生的老婆不怕，做大事者不拘小节，命都快没了，做个妾室算啥。于是，她就开始张罗聘礼，光给王府送聘礼的人工就动用了近千人，可见他们家多富！很多宝贝连王府都没见过，王爷一看大喜，就把冯生放了，把公主嫁给了他。公主不仅嫁过来，还把那个具有录影功能的镜子也带回来，算是定情信物吧。

一天晚上，冯生梦到八大王来了，说：“所赠之物，当见还也。佩之若久，耗人精血，损人寿命。”冯生答应了，又留他喝酒。八大王说：“自从听了您的劝告，我都戒酒三年啦！”说着就抓过冯生的胳膊啃了一口，冯生痛极而醒，一看胳膊上的肿块消失了，从此特异功能也没了，做回正常人。这个故事就此结束。

但故事结束了，蒲松龄的感慨没有完，他就喝酒的问题做了一番评论：“醒则犹人，而醉则犹鳖，此酒人之大都也。顾鳖虽日习于酒狂乎，而不敢忘恩，不敢无礼于长者，鳖不过人远哉？若夫己氏则醒不如人，而醉不如鳖矣。”作者认为有些人酒后无德，还不如一只王八呢，于是作了一篇《酒人赋》。

这篇赋前半部分写了一些因饮酒而出名的名人，比如刘伶、陶渊明、张旭等人，又说喝酒可以，但要喝得高雅，比如“雨宵良夜，月旦花晨，风定尘短，客旧妓新，履舄交错，兰麝香沉，细批薄抹，低唱浅斟”，“总陶然而大醉，亦魂清而梦真”，此时喝酒可以助兴，“即一朝一醉，当亦名教之所不嗔”。怕的就是“嘈杂不韵，俚词并进；坐起讙哗，呶呶成阵”，环境低俗乱糟糟，喝酒喝得特别粗鲁，以至于“尘蒙蒙兮满面，哇浪浪兮沾裾；口狺狺兮乱吠，发蓬蓬兮若奴”，喝得东倒西歪、呕吐狼藉不说，有的人还胡说八道、上蹿下跳，目无尊长、狂浪不羁，耍起了酒疯。

这种耍酒疯的人，蒲松龄称之为“酒凶”，不可救药，只有一个办法能给他醒酒，那就是“只须一梃。絷其手足，与斩豕等。止困其臀，勿伤其顶；捶至百余，豁然顿醒。”简单解释就是：准备一根棍子，把这人的手脚捆起来，像杀猪时捆猪那样，然后拿起棍子打屁股，狠捶一百下，什么样的酒都能醒了！三百年过去了，我觉得这个办法还没过时。

《汪士秀》：会踢球能救命

爱喝酒、能耍酒疯的往往以男士为主，喜欢踢球的也大多是男性，特别是每到世界杯期间，很多男士熬夜观战，观战的同时也往往有啤酒相伴，喜欢的球队赢了球要喝酒庆祝，输了球要喝酒发泄，总之酒与球都是男人的好朋友。《聊斋志异》里写了不少跟喝酒有关的故事，比如《黄英》和《八大王》，毕竟酒在文学作品中的江湖地位由来已久，以酒而入小说不稀罕，但是踢足球就比较罕见了，您别说，三百年前的《聊斋志异》里还真有踢球的故事，只不过那时的踢球不叫踢球，叫“蹴鞠”。

据传蹴鞠为黄帝所创，本用于军事训练活动，还有人说它起源于战国时期，因为《战国策》记载苏秦曾对齐宣王说：“临淄甚富而实，其民无不吹竽、鼓瑟、击筑、弹琴、斗鸡、走犬、六博、蹋鞠者。”所以可推测二千多年前的齐国临淄就已经流行蹋足球了。

蒲松龄是淄川人，就生活在有着悠久蹴鞠传统的齐地，因此《聊斋志异》里有一篇文章《汪士秀》写的就是蹴鞠的故事。此文不仅写得美，而且通过这篇文章，我们知道会踢球在关键时刻能救命，多掌握一个技能总是好的。

这个故事的主人公叫汪士秀，为人刚勇有力，跟他父亲二人都擅长蹴鞠，遗憾的是，汪父四十多岁就在渡钱塘江时溺水而亡。大概过了八九年之后，汪士秀因故去湖南，路过洞庭湖。有一天晚上泛舟湖上，月光下的洞庭湖美得冒泡，这一点范仲淹早就在《岳阳楼记》里有过脍炙人口的描述：“而或长烟一空，皓月千里，浮光跃金，静影沉璧，渔歌互答，此乐何极！”

六七百年之后，汪士秀看到的景色也差不多，因为张若虚曾说过：“人生代代无穷已，江月年年只相似。”李白也说：“今人不见古时月，今月曾经照古人。古人今人若流水，共看明月皆如此。”总之，月光之下的湖面，水平如镜，就像刘禹锡在《望洞庭》里形容的那样：“湖光秋月两相和，潭面无风镜未磨。”

正当汪士秀欣赏月下湖光的时候，突然从湖里冒出五个人。联想一下那画面，又美又吓人，不过作者交代了汪士秀这人刚勇有力，胆子大，不害怕，就是把撑船的吓得够呛。只见这五个人把一张半亩见方的大席子平铺在水面，摆上酒馔佳肴，三人坐着喝酒，其中一人穿黄衣，二人着白衣，另有两人站在旁边侍奉，侍奉的二人好像一个老头，一个小孩。

古代的蹴鞠用球一般外包皮革，内实毛发或米糠，但这是人踢的球，鱼精们不用这个。只见小僮得令后立即没入水中，取出一个圆球，这个球又大又圆又明亮，“大可盈抱，中如水银满注，表里通明”，感觉就像从水里捞了个月亮出来。

于是五个人就一起踢了起来，想象一下那情景：天上一轮明月，水中一轮明月，脚下还有一个通明如月的圆球，天上水里像是有三个大大的夜明珠，有一个还是运动着的。湖面微风吹过，喝过酒的球员薄醉微醺，兴致高昂。一不留神，这个亮晃晃的圆球就落到了汪士秀的船上，他本来就爱踢球，于是一时技痒，大脚开出，没成想用力过猛——球破了，只见“中有漏光，下射如虹；蚩然疾落，又如经天之彗，直投水中，滚滚作沸泡声而灭”。

球迷们应该都能理解，此时球员会非常生气：“哪儿来的生人，败了我们的兴致？”侍者之一的老头儿却说：“不错不错，这是我家踢球绝技流星拐哎。”“流星拐”是蹴鞠的一种花样，铸雪斋抄本曾有何垠的注：“流星拐，蹴鞠采名也。如腾起左脚，即以右脚从后蹴鞠始起也。”白衣人一听就不高兴了：“大家都这么败兴，你一个老奴凭什么这么开心？快去把那个狂徒给我抓来，不然有你们好看！”

汪士秀也不害怕，拿着刀站在船中准备迎战，就见一老一少两个侍者拿着兵器过来了，汪士秀定睛一看，其中一个不是别人，正是他的父亲！他就大声喊爹，汪父很害怕，让儿子赶紧藏起来。这话还没说完，那三人都到了船上，于是一场恶战开始，乒乒乓乓、稀里哗啦一阵子，汪士秀赢了。

原来汪父并没有死，当年渡江溺亡的有十九人，都被江里妖怪吃了，他因为会踢球得以幸免。那仨踢球的都是鱼精，鱼精得罪了钱塘江神，所以搬到了洞庭湖，刚才踢的球就是用鱼泡做的。于是，父子俩高高兴兴回家了。

这个故事告诉我们会踢球的重要性，当然，你就算会踢，看球时也得做个文明的观众，千万别下场捣乱，万一把人家的球踢破了，也可能会有生命危险。

《鸽异》：人有癖也未必可交

马子才爱菊是癖好，八大王爱喝酒是癖好，汪士秀喜欢踢球也是癖好，晚明文人张岱曾云："人无癖，不可与交，以其无深情也；人无疵，不可与交，以其无真气也。"在他看来，凡有一些癖好的人，往往用情至深，值得交往。

我们不妨抬个扛：叶公好龙里的叶公也是有癖好的，可是真龙来的时候却被吓得要死，这是真爱还是假爱呢？这样的人是否可交呢？还有，有癖好的人，可能情深，可能情真，但也可能只是贪婪，只是占有欲强而已，甚至借此癖好攀附权贵，终究只是俗人一个。比如《鸽异》中的主角张幼量就是这样一个俗人。

张幼量癖好鸽子，也精心饲养了很多鸽子，以至"齐鲁养鸽家，无如公子最；公子亦以鸽自诩”。一天夜里，他正在斋中独坐，忽见一个白衣少年扣扉而入，问之，答曰：“漂泊之人，姓名何足道。遥闻畜鸽最盛，此亦生平所好，愿得寓目。”张幼量一听是同道中人，自然十分愿意接待，于是把自己养的鸽子都晒了出来，但见“五色俱备，灿若云锦”。少年笑曰：“人言果不虚，公子可谓养鸽之能事矣。仆亦携有一两头，颇愿观之否？”张幼量当然很高兴，就跟着少年去他家看鸽子。

到了少年的家里，他给张幼量先后展示了两对鸽子，一对“状类常鸽，而毛纯白；飞与檐齐，且鸣且斗，每一扑，必作觔斗”；另一对“大者如鹜，小者裁如拳；集阶上，学鹤舞”。张幼量一看，先是望洋兴叹，继而乞求少年割爱，也就是索要鸽子。

看到这里，我突然回想起小时候有一个心爱的小篮子，编得十分精巧，大小刚好能放进两个苹果。一天，亲戚家的孩子来玩，看中了这个小篮子，就给要走了，家里人劝我“不就是个小篮子吗？给他吧，他是客人”。后来我做了母亲，也遇到过小朋友看上我女儿的玩具，张嘴就讨，我说：“真巧，原来你也喜欢啊，我把链接发给你妈妈吧。”小孩子不懂事，大人总是要懂事一些的。可是张幼量这个大人也不怎么懂事，刚见白衣少年第一面就跟人家要东西，怎么张得开口呢？凭什么你喜欢别人的东西，别人就必须得给你？俗话说：“君子不夺人所爱。”由此可见，张幼量这个人并非君子，没有分寸感。

可中国人往往磨不开面子，仿佛对方一张口提要求，别管这要求多么唐突和无礼，一旦我们拒绝了，就显得我们很理亏。白衣少年一开始是拒绝的，但架不住张幼量死缠烂打、软磨硬泡，不得已另招了两只白鸽来，说：“如不嫌憎，以此塞责。”张幼量接过来一看，“睛映月作琥珀色，两目通透，若无隔阂，中黑珠圆于椒粒；启其翼，胁肉晶莹，脏腑可数”。按说一般人该满足了，可是张幼量意犹未尽，还是索求不已，想要最好的那几只。看到这里，好想骂他一句：真讨厌啊！白衣少年说：“尚有两种未献，今不敢复请观矣。”看看，把人家吓得再也不敢晒了。正说着，张家仆人举着火把进来寻找主人，只见白衣少年“化白鸽，大如鸡，冲霄而去”。

张幼量带着少年送的两只白鸽回了家，这两只虽不是少年所有鸽子中最好的，也是人间罕见的极品，张视之如珍宝。过了两年，两只白鸽生了雌雄小白鸽各三只，亲朋好友来求，张幼量一只也舍不得给。其实他不是不给，只不过得看对方是谁。

张幼量父亲的一个朋友是贵官，一天，这位贵官问他：“养了多少只鸽子？”张幼量被问懵了，当时也没明确回答到底多少。回家以后，他就开始寻思了：这位大人是不是也爱养鸽子呀？我是不是得送给他两只？哎呀，真是舍不得啊，不过他可是长辈，也不能不给啊……这张幼量想的也真多，人家只是问他养了多少只，他的内心已经排演了一出戏。最后，张幼量思来想去，觉得还是得送两只，而且不能送普通的鸽子，就把最珍爱的白鸽中的两只装到笼子里送了过去，自以为“千金之赠不啻也”。

过了一些日子，张幼量见到这位贵官，觉得对方怎么着也得道个谢吧，可对方只字未提鸽子的事。张幼量终于憋不住了，问：“前段时间送给您的鸽子怎么样？”对方答曰：“亦肥美。”张惊问：“啊？您把它们给煮了？”对方回答：“是啊。”张大惊曰：“这可不是普通的鸽子，这是‘鞑靼’品种啊！”对方回味了一下，说：“味道也没啥特别的呀。”

夜里，张幼量梦到白衣少年来了，责备他说：“我以君能爱之，故遂托以子孙。何以明珠暗投，致残鼎镬！今率儿辈去矣。”说完，少年就化为鸽子，所养的白鸽也都跟着飞走了。天亮之后，张幼量发现白鸽果然都没有了，从此心灰意冷，索性把其他的鸽子也都分赠给了朋友们。

蒲松龄在这个故事之后又讲了一个类似的故事，说是灵隐寺有个和尚特别善于烹茶，而且会根据来客的贵贱分为不同的等级，客贵则茶贵。一天，有贵官来访，和尚小心事奉，拿出好茶用心烹制，希望得到对方的赞许。但贵官饮茶后默然无语，和尚以为对方嫌茶不好，又以最上一等茶烹而进之。这道茶喝完了，贵官仍是一言不发。和尚终于憋不住了，鞠躬问：“茶如何？”对方答曰：“甚热。”

张岱说人无癖不可交，而我却认为，有癖好的未必都可爱。似张幼量这般，所谓的爱鸽不过是贪婪而已，自己喜欢的一定要据为己有，不管对方是否喜欢，只一味索取，这是贪婪自私；待别人向他索求，则视其地位高低而分别对待，将所珍爱之物视作攀附权贵的工具，这是庸俗势利。这样贪婪自私又庸俗势利的人，即使有癖好，又如何交往？

清泉濯足，花下晒裈，背山起楼，烧琴煮鹤，对花啜茶，松下喝道，皆为李商隐所说的“杀风景”。就像《鸽异》中吃了鸽子的贵官和品不出好茶的贵官，亦只是风景杀手而已，错不在他们，在于将风景拱手相送的人。所谓“宝剑赠壮士，红粉送佳人”，所赠非人，白可惜了宝剑和红粉，亦是赠送者的罪过。

《狐谐》：有趣的灵魂万里挑一

这本书从聂小倩的故事讲起，挑选《聊斋志异》中那些缠绵悱恻的爱情故事、鸡零狗碎的家庭生活、五光十色的市井轶闻给大家做了简单的介绍和解读，在这些故事里，一众花妖狐魅、神仙鬼怪轮番登场，好不热闹。虽然讲的是鬼狐故事，毕竟讲故事的人和听故事的人都生活在碌碌红尘中，说到底所有的故事都是在谈人性和人生。既然谈人性与人生，话题难免沉重，到了这最末一篇，我想以一个好玩的故事收尾。这个故事叫《狐谐》。

故事的男主角名叫万福，博兴人，运气跟名字作对，都二十多岁了也没能考上个秀才，后来为了躲避徭役，逃到济南，住在一家旅店里。一天晚上，有一个漂亮的女子来找他，明确告诉万福自己是狐仙，但不会祸害他，万福就信了。于是狐仙就天天来万福这里，并供给他日用所需。从这点上看，万福还算名副其实。

万福的朋友比较多，而且一来拜访就滞留不去，万福就把狐仙的事告诉了他们。朋友们一听，哇！这还了得！必须一睹仙容。狐仙说："为什么见我？我也跟人一样啊。"可是众人只闻其声，不见其人。

万福的朋友里有一个叫孙得言的，很会开玩笑，一定要狐仙现身，就说："得听娇音，魂魄飞越；何吝容华，徒使人闻声相思？"狐仙笑曰："贤哉孙子！欲为高曾母作行乐图耶！"因为孙得言姓孙，所以狐仙就在嘴巴上占了个便宜。大家都笑了。

这时，狐仙说："我是狐仙，那就给你们讲个狐仙的故事吧。"众人一听都来了兴致，只听狐仙娓娓道来："有个乡村旅舍闹狐仙，吓得客人们都不敢来了，店里生意做不下去，店主人忧心忡忡。忽然有一天来了一个远方的客人想要住店，店主人很高兴，但这位客人刚要进门，就听路人悄悄告诉他：'这家店里闹狐仙。'客人害怕了，想走。店主人急赤白脸地保证别人是胡说八道，根本就没有什么狐仙。于是客人就住进来了，进了房间，刚躺下，就见床下跑出来一群老鼠，可把客人吓坏了，一边向外跑一边大喊：'啊！有狐狸！有狐狸！'吓得主人赶忙问他狐狸在哪儿？在哪儿！客人抱怨说：'狐狸窝在这里，你怎么骗我说没有？’主人又问：‘狐狸什么样儿？’客人回答说：‘我今天看到的狐狸都很小，不是狐儿子，必是狐孙子！’”

孙得言就说：“哼！既然你不现身，我们就都不走了，让你和万福难成好事。”狐仙笑曰：“好啊好啊，留宿不要紧，不过要是有什么冒犯之处，可不要怪我哦。”客人们一想，她可是狐仙啊，晚上做点恶作剧，谁都吃不消，就都散了。不过，有这样一位有趣的狐仙，万福的朋友们就常常过来逗趣，狐仙说话很幽默，常常一语既出，颠倒宾客，于是众人戏呼“狐娘子”。

一天，大家又一起聚会，万福坐了主人位，孙得言和另外两位客人分坐左右座。狐娘子说自己不善饮酒，就讲个故事给诸人下酒，此时孙得言赶忙把耳朵捂上说：“不听，不听。”客人们也说：“不能骂人啊，骂人就罚酒。”狐娘子笑曰：“放心，放心，我不骂人，我骂狐狸怎么样？”众人都说这个可以有。

于是，狐娘子又讲了一个故事：从前有一个大臣出使红毛国，戴着狐裘帽去拜见国王。国王问：“这是什么皮毛，怎么这么温厚？”大臣说是“狐狸毛”。国王说：“这个我从没听说过，狐字怎么写？”大臣就用手在空中比画说：“右边是一个大瓜，左边是一个小狗。”

故事讲到这里，满座主客又哄堂大笑。过去“大瓜”是妓女的代称，一左一右就是骂在座的左右客人，分别是孙得言和另外两人。另外两位客人是兄弟俩，一个叫陈所见，另一个叫陈所闻。他们看到孙得言一脸窘状，就出来打圆场："公狐狸在哪儿呢？任母狐狸在这里满嘴胡说？"

狐娘子说："别忙，故事还没讲完呢。国王看见大臣骑着一头骡子，也很好奇，大臣说：'这是马所生。'国王就更奇怪了。大臣说：'中国马生骡，骡生驹驹。'国王就让他说得更详细一些，大臣又说：'马生骡，乃臣所见；骡生驹驹，是臣所闻。'"这时大家笑得更开心了，再求陈所见、陈所闻兄弟二人的心理阴影面积。

过了一会儿，孙得言还是不甘心，就对万福说："我有一个上联请大家对下联，上联是：妓者出门访情人，来时'万福'，去时'万福'。"众人想了半天也没对出下联。狐娘子笑着说："我对出来了：龙王下诏求直谏，鳖也'得言'，龟也'得言'。"于是四座无不绝倒。孙得言真是屡败屡战，屡战屡败，真佩服他屡次挑战的勇气。

无论男人还是女人，有趣都是一个很宝贵的优点。有趣不是油滑，也不是耍贫嘴，而是一种举重若轻的人生态度，一种智商上的优越呈现。如果生活中有个有趣的人，请一定珍惜他，因为好看的皮囊千篇一律，有趣的灵魂万里挑一。

所以，《聊斋志异》真是异彩纷呈，既有对人性的深刻洞悉，也有浪漫唯美的想象和描写，还有幽默诙谐的故事和对联、词句，让人读来或沉思，或遐想，或悲戚，或莞尔，每一个小故事都蕴含了丰富的意味。少年时读聊斋，不懂其中深意；待人生过半重读聊斋，才开始理解其中的好。以此《狐谐》收尾全书，愿读者朋友们因阅读而有趣，否则，毋乃人而不如狐乎？

后记

2020年是不平静的一年，突如其来的新冠肺炎疫情影响了每一个人。我于二月底回到校园，可学生们没有返校，往日被年轻人的青春气息充盈的校园在这个春天寂静得令人惆怅。

在这寂静而惆怅的日子里，如果说还有什么事情令人欣慰，那就是可以静下心来好好修改《We Chat〈聊斋志异〉》的书稿了。由于时间充裕，我把书稿改了三遍，在修改的过程中又阅读了一些《聊斋志异》的研究著作和论文，愈发觉得《聊斋志异》像是一座迷人的宝库，而我还未探寻到这宝藏的万分之一。

《We Chat〈聊斋志异〉》这本书里的文章是我在自己的微信公众号“余一段墨”上首次发布，而后又结集成册的。这样做已不是第一次。2018年，我把“余一段墨”中关于《红楼梦》的评论文章结集出版了《We Chat〈红楼梦〉》一书，出版后得到一些读者朋友的肯定，尤其获得了年轻人的青睐。读者朋友们的鼓励和支持让我有信心继续以这种轻松有趣的现代风格评论古典文学名著，并一鼓作气申报了2019年度山东省社会科学普及应用研究项目，这本书也是该项目的成果，希望通过我的解读和评论令更多读者特别是年轻人爱上《聊斋志异》，让中国传统经典文学名著在年轻人中获得更广泛的普及。

之所以在《红楼梦》之后选择《聊斋志异》作为解读对象，是因为我对它的喜爱由来已久，甚至可以追溯到三十多年前。当我还是个不识字的孩子时，就听过很多《聊斋志异》中的故事。记忆里外祖父有一大箱子的书籍，他尤其喜爱阅读古代小说，也很会讲故事。儿时的我常常缠着外祖父给我讲故事，从他那里我听了一个又一个好听的故事，情节那么曲折又那么吸引人。待我上学后能识字了，外祖父就从他那个大书箱里找出一本《白话聊斋》让我自己读，读了之后才发现，原来他给我讲过的很多故事都是这本书里的。等到我能够阅读《聊斋志异》原著的时候，又发现原来文言文写成的小说可以那么凝炼，那么隽永，于是我后来再也不阅读任何白话版的古典作品了。

但正因为《聊斋志异》是一部文言小说，有一定的阅读难度，不少人读过白话版图书，看过改编的影视作品，却对原著阅读甚少，作为一个自幼喜欢《聊斋志异》的人，我感到有必要通过现代风格的解读和评论将它推荐给更多的年轻人，让更多人产生阅读原著的兴趣，并在阅读过程中获得更加丰富的审美感受，于是就有了大家现在看到的这本书。

需要说明的是，这本《We Chat〈聊斋志异〉》是以现代人的视角解读、评论原著中的部分篇章，文章所述皆为自己的阅读体验，难免有粗疏错漏之处，恳请读者朋友们批评指正。

最后，感谢“余一段墨”的粉丝朋友们，你们遍布全国每一个省份，有的甚至远在国外，是你们的肯定和鼓励让我继续创作，并且使我乐在其中。一想到在这世界的某一个地方，有一个人喜欢我的书，关注我的文字，而我们素未谋面，就觉得这世界真有趣，真美好。

张青

2020年6月29日于济南